E-Z DICKENS
SUPER-EROU
CARTEA A PATRA

PE GHEAȚĂ

Cathy McGough

Stratford Living Publishing

CUPRINSUL

Pentru supereroii de zi cu zi.

"Nu poți învinge o persoană care nu renunță niciodată."

Babe Ruth

PROLOGUL

A DOUA ZI A fost zi de școală, dar, având în vedere că sfârșitul lumii se apropia, nici E-Z și nici Lia nu au intenționat să meargă la școală.

"Am un presentiment foarte rău", a spus Lia.

Era ora micului dejun, iar ea și E-Z erau singure. Sam și Samantha încă dormeau, la fel și gemenii Jack și Jill.

"Ce fel de presimțire rea?", a întrebat el, punându-și mai multe cereale în gură cu lingura.

"Știi aseară, când am crezut că am auzit ceva?".

"Da, dar ai spus că a fost o alarmă falsă. Că sunetele au dispărut și că totul a revenit la normal."

"A dispărut și nu a dispărut. E greu de explicat. Am auzit-o pe Rosalie strigându-mă, apoi s-a oprit. Nu a mai încercat din nou, așa că am crezut că totul era în regulă. Dar acum sunt îngrijorat pentru că am încercat să dau de ea și nu am putut. Nu a răspuns la niciunul dintre mesajele mele. Cred că ar trebui să mergem să o verificăm. Doar pentru orice eventualitate. Mă va liniști să știu. Altfel, nu voi reuși să fac nimic astăzi."

"Poate că doarme până târziu? Sau i s-a terminat bateria telefonului." Și-a terminat paharul de suc de portocale și s-a dat înapoi de la masă. A pus vasele în mașina de spălat vase.

"Poate. Dar tot aș vrea să o văd."

"Hai să mergem să o vizităm, ca să te liniștești", a spus el în timp ce a chemat un taxi. "Sper că ne vor lăsa să intrăm. La urma urmei, nu suntem rude."

Au traversat orașul și au întrebat de Rosalie la recepție. Femeia a întrebat: "Sunteți rude?". Amândoi au spus că nu sunt. "Luați loc, vă rog", a spus ea.

"Vedeți", a șoptit Lia. "Ea părea precaută. Ca și cum ar ascunde ceva".

"Da, și eu am văzut asta. Dar poate că ne imaginăm asta pentru că ne facem griji pentru Rosalie. Tot ce putem face este să așteptăm și să încercăm să ne ținem ocupați. Suntem aici și nu ne mișcăm până nu vedem că e bine."

Treizeci de minute mai târziu, și ei încă așteptau. și deveneau tot mai neliniștiți pe măsură ce timpul trecea.

Lia s-a ridicat în picioare. "Nu mai pot să aștept."

E-Z a spus: "Uau! Așteaptă un minut." S-a așezat din nou la loc. "Să mai așteptăm încă treizeci de minute înainte de a ne lua de cap cu ei."

"Ce înseamnă să ne facem de cap?" a întrebat Lia.

"Oh, tot uit că nu ești de aici. Înseamnă să vii la ceva cu toate armele în mână. Ca o ultimă soluție. Este o figură de stil, desigur. Deși unii lucrători poștali au luat-o la propriu."

"Pun pariu că dacă am fi fost adulți, ar fi vorbit cu noi până acum. Uneori urăsc să fiu copil."

"Are avantajele sale", a spus E-Z. "Încearcă să te joci un joc pe telefon sau să citești o carte. Va trece timpul și ne vor fi mai de ajutor dacă avem răbdare."

"Aș fi vrut să-mi aduc căștile. Aș fi putut asculta noile piese ale lui Taylor Swift".

"Poftim", a spus el. "Poți să le împrumuți pe ale mele."

Au mai trecut încă treizeci de minute și E-Z s-a întors calm la ghișeu. Lia a rămas în urmă, ascultând muzică. El s-a uitat înapoi. Ea avea ochii închiși. Nici măcar nu observase că el plecase.

"Uh, vreo veste despre când o putem vedea pe Rosalie?", a întrebat el.

"Îmi pare rău, vine cineva să vă vadă. Știe că sunteți aici și o așteptați." Femeia a făcut clic la tastatură. Când E-Z nu s-a îndepărtat, ea a făcut o a doua încercare de a-l încuraja să o facă. "Am vorbit personal cu managerul meu. Va ieși să vorbească cu dumneavoastră cât de repede poate. Vă rog să vă alăturați prietenului dumneavoastră." Ea a făcut semn cu mâna în direcția Liei care era ocupată cu telefonul ei.

E-Z s-a întors alături de Lia, cu reticență. A privit cum se agitau oamenii. Unii erau rezidenți, împingând cărucioare. Câțiva erau în scaune cu rotile, fiind împinși de însoțitori, în timp ce alții își zvârcoleau singuri roțile. Majoritatea rezidenților zâmbeau în direcția lui, câțiva îi făceau cu mâna. S-a întrebat câți dintre ei primeau vizitatori obișnuiți. Spera că majoritatea primeau.

Pe măsură ce ușile se deschideau și se închideau, mirosul prânzului îi ajungea la nări și stomacul îi vâjâia. S-a întrebat ce delicatese aveau rezidenții astăzi. Poate pește și cartofi prăjiți. Poate o plăcintă a la mode. Își dorea să fi mâncat un mic dejun mai consistent când Lia i-a înmânat căștile.

"Ați avut noroc în accelerarea lucrurilor? Mor de foame!"

"Și eu și nu prea. A spus că managerul va veni la noi în curând, dar nu înțeleg de ce Rosalie nu vine ea însăși să ne vadă. Care-i problema?"

"Nu simt prezența ei aici", a spus Lia. "E ca și cum am fi fost deconectați. Muzica m-a ajutat să-mi distrag atenția pentru o vreme, dar acum mă gândesc din nou la ea și mi-e foame. Nu este o combinație bună."

"Te înțeleg", a spus E-Z, în timp ce o femeie înaltă care purta o insignă de identificare a directorului general s-a îndreptat spre ei și s-a prezentat.

"Numele meu este Eleanor Wilkinson și sunt manager general aici." Le-a strâns mâna. "Am înțeles că voi doi sunteți prieteni cu Rosalie. Ați mai vizitat-o aici înainte?"

"Nu, nu am mai fost aici", a spus Lia. "Dar suntem prietene cu ea, prietene apropiate. Și ne facem griji pentru ea. Nu mi-a răspuns la mesaje și nici nu a răspuns la telefon."

Doamna Wilkinson a spus: "Îmi pare rău să vă spun, dar Rosalie a murit cândva în timpul nopții. Așteptăm ca rudele ei să sosească. Ei nu locuiesc în apropiere.

"Îmi cer scuze că v-am făcut să așteptați atât de mult. Dar trebuia să vorbesc cu ei înainte de a vorbi cu tine. Înțelegeți. Avem niște politici de urmat."

Lia a căzut din nou pe scaun și a izbucnit în plâns, în timp ce E-Z i-a luat mâna în a lui și au stat în liniște câteva secunde înainte de a întreba: "Ce s-a întâmplat cu ea?".

"Este în curs de investigare", a spus Wilkinson. "Îmi pare rău, nu vă pot spune mai mult. Doar dacă nu sunteți din familie. Îmi pare rău pentru pierderea suferită."

"A însemnat totul pentru mine", a spus Lia.

"Cum ai cunoscut-o?" a întrebat Wilkinson. "Era o doamnă minunată. Iubită de toți." "Ne-am cunoscut printr-un prieten", a mințit Lia.

"Interesant", a spus Wilkinson, "având în vedere diferența voastră de vârstă".

"Adică pentru că eu sunt un copil și ea nu? Adică nu era", a întrebat Lia supărată. Ea s-a ridicat în picioare.

"Îmi pare rău, nu am vrut să te supăr. Desigur, mulți dintre rezidenții de aici și-ar dori să aibă prieteni cu care să stea de vorbă. Mai ales copii cu un interes ca al vostru, cărora să le poată spune poveștile lor vii. Astfel, nu vor fi uitați după ce vor pleca."

"Ne vom aminti mereu de Rosalie", a spus E-Z.

"Putem să o vedem, ca să ne luăm rămas bun?" a întrebat Lia.

"Mă tem că nu se poate. Avem niște proceduri. Dar dacă lăsați datele dumneavoastră, un număr de telefon la recepție, vă putem da un telefon. Ca să vă anunțăm când va fi vizitarea și înmormântarea".

E-Z și-a lăsat numărul de telefon la recepție. Erau pe punctul de a se urca într-un taxi când și-a amintit de carte.

"Așteaptă aici", a spus el. "Mă întorc imediat."

S-a apropiat de recepție.

"Îmi pare rău, dar nu putem accepta moartea prietenei noastre Rosalie. Doar dacă cel puțin unul dintre noi o vede. Doamna Wilkinson a spus că nu putem intra, dar aș putea să îmi fac apariția în cameră? N-aș sta prea mult. Deci, pot să-i spun prietenului meu că am văzut-o pe Rosalie și pot confirma că nu mai este printre noi? A trecut prin atâtea, cu pierderea ochilor și toate astea. I-ar ușura mintea să știe cu siguranță de la cineva pe care îl cunoaște și în care are încredere."

"Ah, săraca de ea. Înțeleg. Vino cu mine", a spus femeia. Când a ajuns de cealaltă parte a biroului, a rugat un coleg să o înlocuiască. "Mă întorc imediat", a spus ea.

E-Z a urmat-o mai adânc în inima reședinței pentru persoane în vârstă. Era luminoasă, nu deprimantă cum auzise că ar putea fi acest tip de cămine, dar foarte liniștită. Probabil pentru că toată lumea se bucura de prânz în cantină. Stomacul lui a răbufnit din nou.

"Toată lumea este în sala de mese", a spus femeia ca și cum ar fi știut la ce se gândea el. "Este ziua de pește și cartofi prăjiți cu jeleu roșu și frișcă pentru după. O masă extrem de populară la care toată lumea vrea să participe. În orice altă zi și ar fi imposibil să te lași să intri pentru că ar fi prea mulți oameni care se înghesuie."

"Cu siguranță miroase bine", a spus E-Z. "Și mulțumesc pentru ajutor, eu, noi, chiar apreciem asta."

S-a oprit și a tras ușa.

"Aceasta este camera lui Rosalie. Eu o să aștept aici. Aveți două minute sau mai puțin dacă mă vede cineva."

"Mulțumesc din nou", a spus E-Z, în timp ce ușa se închidea în urma lui. Mirosea ciudat, ca și cum ar fi fost un foc de tabără. S-a uitat prin cameră după camere. Din câte știa el, nu existau niciuna.

Sub cearșaful alb, prietenul lor era acoperit din cap până în picioare. S-a apropiat mai mult, luptându-se cu dorința de a fugi, dar având nevoie să știe cu siguranță, să vadă cu ochii lui. A tras cearșaful la loc și a privit cum a căzut pe podea ca o fantomă.

Imediat un miros i-a asaltat nările. Ca un grătar. Carne arsă. Și a văzut brațul lui Rosalie atârnând în jos, acoperit de arsuri și bășici. Ce se întâmplase cu ea? Cine îi făcuse acest lucru îngrozitor și de ce?

Și-a dat scaunul la o parte și s-a uitat în jurul camerei care era imaculată, fără niciun semn de incendiu. Nu avea cum să se fi întâmplat aici. Dacă nu, atunci unde? Oare au mutat-o în această cameră, după aceea?

Femeia de la ușă a bătut la ușă. "Vă rog să vă grăbiți!", a spus ea.

A deschis sertarul noptierei ei. Acolo era. Cartea de care le spusese Rosalie. Cea în care înregistrase informațiile despre ceilalți copii.

"Timpul a expirat", a spus femeia.

E-Z a îndesat cartea la spate. A apăsat butonul pentru ca ușa să se deschidă și s-au întors la recepție.

"Vă mulțumesc", a spus el. "Din partea mea și a prietenului meu. Ne-ați dat pace. Vă rugăm să ne anunțați când vor avea loc înmormântarea și vizitarea. Oh, încă ceva, am observat că avea arsuri pe corp. A mai fost vreun alt rezident rănit în incendiu?".

"Oh, Doamne", a spus femeia. "Nu știu. Nu am auzit nimic despre un incendiu. Nu am văzut cadavrul; mă refer chiar la Rosalie. Mi s-a spus doar că a murit. Nu știu nimic despre detalii."

"Este în regulă", a liniștit-o E-Z. "Nu voi spune nimic. Apreciez tot ce ai făcut. Mulțumesc."

"Nu s-a întâmplat niciun incendiu aici", a spus ea. "Nu s-a declanșat nicio alarmă, din câte știu eu. Nu a fost chemată nicio mașină de pompieri. Eu... O, Doamne."

E-Z a făcut cu mâna și s-a îndepărtat de tejghea. Femeia continua să divagheze singură. S-a gândit că cel mai bine ar fi să plece de acolo.

Șoferul l-a ajutat pe E-Z să se urce pe bancheta din spate, alături de Lia, care aștepta, apoi i-a depozitat scaunul cu rotile în portbagajul vehiculului.

"Ți-a luat o veșnicie", s-a plâns Lia. "Ce-i asta?"

A încercat să apuce cartea, dar E-Z a ținut-o în mână. A observat că taxa de pe aparatul de taxare era deja mai mulți bani decât avea la el.

"Nu aveam ce face. M-am uitat pe furiș la Rosalie. Și am apucat asta. Este cartea de care ne-a spus ea. O să o verificăm când ajungem acasă." A șoptit: "Ai bani?"

Între cei doi, nu aveau suficienți pentru a acoperi taxa de taxi.

"Va trebui să o rogi pe mama ta sau pe unchiul Sam să ne ajute", a spus el, în timp ce șoferul a oprit în fața casei.

Șoferul l-a ajutat pe E-Z să se așeze înapoi în scaun, în timp ce Lia a fugit înăuntru. Ea a ieșit cu suficienți bani pentru a acoperi cursa, iar șoferul a plecat.

"Sam mi-a dat banii".

"A întrebat pentru ce sunt?".

"Nu, dar mă aștept să o facă."

Înăuntru, Sam și Samantha se învârteau în jurul bucătăriei. Încercau să pregătească în grabă micul dejun în timp ce gemenii le cântau o serenadă cu strigăte de foame.

"De ce nu ești la școală?" a întrebat Sam.

"Îți voi explica mai târziu. Uh, putem să vă ajutăm?"

"Nu, dar vă mulțumesc", a spus Samantha. A început să-l hrănească pe Jack.

Sam a dat din cap și s-a apucat să o hrănească pe Jill.

E-Z și Lia au intrat în camera lui și au închis ușa. Alfred citea ziarul.

"Rosalie este moartă", a spus Lia, apoi a căzut în genunchi și a plâns, în timp ce E-Z a pus brațul în jurul ei, iar Alfred s-a grăbit să-i vină alături. Cei Trei s-au îmbrățișat împreună și au plâns până când nu au mai avut lacrimi.

"Ce ai acolo?" a întrebat Alfred.

"Am luat cartea".

Lia a luat-o, apoi s-a ridicat și a ținut-o la piept ca și cum și-ar fi îmbrățișat prietenul, în schimb a văzut totul. Rosalie în Camera Albă. Furiile din Camera Albă împreună cu ea. Cărțile arzând. Rafturi care cădeau. Foc peste tot.

Lia a căzut în genunchi.

"A fost atât de curajoasă. Atât de curajoasă."

"Ai văzut focul?" a întrebat E-Z. "Ce s-a întâmplat?"

"Ai știut, despre incendiu?"

El a dat din cap.

"De ce nu mi-ai spus?" Ea știa deja răspunsul la întrebare. El o proteja de adevăr. "Când am atins cartea, am văzut totul. Rosalie era în Camera Albă. Iar Furiile erau acolo cu ea. Voiau ca ea să le spună despre noi și despre ceilalți copii. Au torturat-o, dar ea nu a cedat."

"De ce nu ne-a sunat?"

"A încercat. Nu știam că e vorba de viață și de moarte. A dispărut, așa că am crezut că totul era bine."

"Nu este vina ta", a spus E-Z.

"A murit singură, sub rafturi, cu cărțile arzând în jurul ei. Nu merita să moară așa. Nimeni nu merită să moară așa." A plâns în mâini.

"Săraca Rosalie", a spus el. "Ar fi putut să mă cheme. A mai făcut-o și înainte. De ce nu m-a chemat pe mine?"

"Pentru că te-ar fi pus în pericol. A murit pentru a ne proteja."

"Deci, Furiile au încercat să afle numele noastre și ale celorlalți copii de la ea, iar ea s-a sacrificat ca să ne salveze? Pentru a ne păstra secretul. Ce femeie uimitoare a fost Rosalie. Nu o vom uita niciodată - niciodată", a spus Alfred în timp ce se lupta cu lacrimile. "Merită o medalie. O medalie de onoare."

"Stai puțin, poate că au blocat-o să ne sune?" a spus E-Z.

"Mi-a trimis un SOS, dar a mai făcut asta și înainte. Odată a făcut-o când au rămas fără ceai la cămin și a vrut să se descarce pe tema asta. Nu am știut că acest SOS însemna că viața ei este în pericol".

"Nu aveai de unde să știi. Niciunul dintre noi nu putea. Nu ne putem învinovăți." Toți trei au rămas tăcuți. "Stai puțin, să ne uităm la carte."

"Este tot ce ne-a spus ea că va fi. O listă completă, cu detalii despre toți copiii care sunt ca noi. Slavă Domnului că Furiile nu au pus mâna pe ea!"

"Hei, stai puțin!" a spus E-Z. "Simpla idee că au torturat-o, ca să afle informații despre noi și ceilalți - înseamnă că Furia știe că noi toți existăm. Asta înseamnă că acești copii sunt acolo, singuri, și nici măcar nu știu ce îi așteaptă!

"Trebuie să ajungem mai întâi la ei. Pentru că este doar o chestiune de timp până când - indiferent cum au aflat despre noi, ei - își vor da seama unde sunt."

"Dar dacă e o capcană, totuși, pentru ca noi să le ducem pe Furii direct la ei?" a întrebat Alfred.

"Nu cred că ele știu unde să ne găsească, altfel ar fi aici, nu-i așa?". întrebă E-Z. "Adică, au avut elementul surpriză. Ucigând-o pe Rosalie, și-au dat de gol. Ne-au lăsat să știm că știu ceva... probabil ca să ne intre în cap pentru că noi suntem la conducere." "Dar ceilalți copii?" a întrebat Lia. "Cum o să ajungem la ei, fără să ne dăm de gol?"

"Hadz? Reiki?" A sunat E-Z. "Dacă mă auziți, avem nevoie de părerea și de ajutorul vostru."

POP.

POP.

"Știi despre Rosalie?", a întrebat el.

"Da, știm, și este o poveste tristă, tristă de spus", a spus Hadz, ștergându-și lacrimile cu aripile. "Au torturat-o aici, în Camera Albă. Și dacă asta nu era destul de rău - au distrus-o complet și tot ce era în ea. Toate acele cărți frumoase, înaripate - dispărute. Rosalie, dispărută. Dispărute." Nu mai putea vorbi din cauza plânsului.

"Gata, gata", a spus Reiki. "Și asta nu e tot. Nu știm ce s-a întâmplat cu sufletul lui Rosalie."

"Stai, trupul ei este în patul din camera ei de peste oraș, la reședința de bătrâni. Poate că sufletul ei este acolo cu ea?" a întrebat E-Z.

Reiki a spus: "Aveți ceva sigilat, închis, de aer, de tot? Dacă da, te rog să te duci și să-l aduci imediat - apoi vom merge să vedem dacă sufletul lui Rosalie este cu ea. Îl vom convinge să intre în container - temporar -

până când ne vom da seama unde se află prinzătorul ei de suflete. Sper că acele Furii nu l-au luat."

E-Z a ieșit în grabă în bucătărie, unde Sam și Samantha erau ocupate să-i hrănească pe gemeni. "Mai avem termosul acela mare?"

"Da, este în dulapul de deasupra frigiderului", a spus Sam, apoi i-a răcnit fiului său.

"Mulțumesc", a spus E-Z, în timp ce se îndrepta spre camera lui. "Ăsta e bun?"

A fost nevoie de amândoi pentru a căra recipientul.

"Așteptați!" a strigat Alfred, exact la timp pentru a-i prinde înainte ca Hadz și Reiki să apară. "Poate că pot să vă ajut? Am puteri de vindecare. Luați-mă cu voi. Lăsați-mă să încerc. Te rog."

POP

POP

FIZZLE

Și cei trei au dispărut, aterizând în camera lui Rosalie.

"Iat-o", a spus Alfred, sărind pe pat, atent să nu o calce cu picioarele sale palmate. Folosindu-și ciocul, a ridicat cearșaful, în timp ce Hadz și Reiki pluteau în apropiere.

"Ce are de gând să facă?" a întrebat Reiki.

"Shhhh", a spus Hadz.

Alfred și-a așezat ciocul pe fruntea lui Rosalie și i-a atins inima cu una dintre aripi. Nu s-a întâmplat nimic.

"Lasă-mă să încerc altceva", a spus lebăda. De data aceasta, a plutit deasupra corpului lui Rosalie, cu fruntea lipită de a ei. Din nou, nimic.

"Ai încercat tot ce ai putut", a spus Hadz, "acum trebuie să-i asigurăm sufletul. Ieși afară, ieși oriunde te-ai afla".

Și uite așa, sufletul lui Rosalie a plutit spre ei.

"Vei fi în siguranță aici", a spus Reiki, în timp ce sufletul a fost ademenit în container, apoi capacul a fost închis bine.

POP.

POP.

FIZZLE.

"Ați reușit să o ajutați?" a întrebat Lia, dar știa deja răspunsul după privirea lui Alfred. L-a îmbrățișat: "Sunt sigură că ai făcut tot ce ai putut".

"Chiar a făcut-o", a spus Hadz.

"Sufletul ei este totuși în siguranță, aici... nimeni nu trebuie să o deschidă. Trebuie să fie ținut în siguranța până când Prinzătorul de Suflete va fi gata să-l ia."

"Poate că ar trebui să-l ții cu tine?" a spus Alfred. "Și îți mulțumesc că m-ai lăsat să încerc."

În camera lui E-Z, Cei Trei au formulat un plan pentru a-i aduce împreună pe ceilalți copii. S-a hotărât ca E-Z să călătorească în Australia, pentru Lachie - cunoscut și sub numele de Băiatul din cutie. Alfred va zbura spre Japonia, unde îl va lua pe Haruto, băiatul care fusese abandonat în pădure. Nu în ultimul rând, Lia ar fi călătorit prin SUA pentru a o lua pe Brandy, fata care putea reveni la viață.

Misiunile lor erau clare - ceea ce aveau să facă atunci când ajungeau acolo nu era. Ceilalți erau de vârste diferite, culturi diverse, limbi diferite. Unii ar fi avut nevoie de permisiunea părinților, iar alții nu.

"Mă întreb ce le-a spus Rosalie despre noi?" a întrebat Lia.

"Îi putem întreba, când îi vom vedea", a sugerat Alfred.

"Între timp, avem bagaje de împachetat și planuri de făcut. Eu o să mă îndrept acolo în scaunul meu, dar voi doi aveți opțiuni. Decideți ce vă convine cel mai bine și puneți-vă planul în aplicare. Am încredere că veți lua decizia corectă, iar timpul trece."

"Mă bucur că ai spus asta", a spus Lia, "pentru că nu sunt sigură că vreau să merg acolo cu avionul. Mă gândesc că Micuța Dorrit ar putea fi cea mai bună opțiune, dar nu sunt sigură că ea va fi încântată de asta. Va zbura cu un pasager și se va întoarce cu doi."

"Nici eu nu sunt sigur", a spus Alfred. "Aș putea zbura acolo, din proprie inițiativă - dar, cum Haruto este destul de tânăr - ar trebui să-l însoțesc în avion - dacă nu vin și părinții lui. În plus, trebuie să-mi fac griji în legătură cu vremea nefavorabilă - și este un drum lung."

"După cum am spus, voi doi decideți ce este mai bine pentru voi. Alfred, dacă vă decideți să zburați cu avionul - cereți-i unchiului Sam să rezolve detaliile pentru voi."

Cei Trei s-au pregătit să îi aducă pe toți copiii împreună. Apoi vor plănui - pentru a învinge acele Furii rele. Chiar dacă ar fi fost ultimul plan pe care l-ar fi făcut vreodată.

CAPITOLUL 1
AUSTRALIA

E-Z A FOST PRIMUL din echipă care a părăsit America de Nord. Zburând pe cer în scaunul său cu rotile, s-a bucurat de libertatea pe care i-o permitea aerul liber.

Simpla idee de a-și depozita scaunul cu rotile într-un avion îi dădea fiori. Dacă se pierdea? Sau distrus? Nu era un risc pe care să merite să și-l asume. Ar renunța Batman la Batmobilul său? Niciodată.

Deși era destul de sigur că va trebui să ia un avion înapoi cu Lachie. Nu ar fi fost corect să-l facă pe puști să zboare singur. Poate că ar face o excepție pentru el și l-ar lăsa să zboare în scaunul cu rotile? Ar fi meritat să se intereseze. Va trece peste acest pod când va ajunge la el. În plus, nici nu voia să se GÂNDEASCĂ la mâncarea de avion. Slavă Domnului că avea acum un prânz la pachet cu el.

S-a jucat dodgems cu norii - și o dată sau de două ori a trecut direct prin ei. Dar trebuia să se concentreze. La urma urmei, Australia se afla în cealaltă parte a lumii.

Notițele lui Rosalie despre băiatul din cutie nu au fost atât de utile pe cât spera el că vor fi. Citise despre povestea lui pe internet. Lucrul care îi ieșise cel mai mult în evidență era că băiatul prefera acum animalele în locul oamenilor. Avea sens, după toate prin câte trecuse.

Bietul copil era atât de distrus când l-au găsit, încât uitase să mai vorbească. E-Z știa că există cruzime în lume, dar asta era de nedescris.

E-Z avea o mulțime de întrebări la care spera să găsească răspunsuri, cum ar fi: unde erau părinții lui Lachie? Cine îi hrănea și îi curăța cușca? Cine l-a pus acolo? De ce?

În articol se spunea că au trimis reporteri pentru a face fotografii cu băiatul, pentru a vedea cum se simte, dar animalele nu i-au lăsat să se apropie. Chiar și atunci când au încercat să folosească un teleobiectiv. Păsările i-au atacat și i-au bombardat. A vizionat câteva clipuri cu atacuri ale acarienilor - părea ceva desprins din filmul lui Hitchcock "The Birds". În cele din urmă, una dintre aceste păsări a zburat cu obiectivul reporterului. După aceea, l-au lăsat pe băiat în pace.

E-Z a sperat că va reuși să câștige încrederea băiatului. Și că și prietenii săi animale vor avea încredere în el. În caz contrar, călătoria lui ar fi fost inutilă. Ei bine, nu chiar fără rost dacă îl întâlnea și vorbea cu băiatul. Ar fi vrut el să-i ajute pe alții, după felul în care fusese tratat? Numai timpul va spune.

Zbura deasupra Oceanului Atlantic. Mai zburase pe această rută înainte și acolo îl întâlnise pe Alfred pentru prima dată. Telefonul din buzunar a vibrat - s-a uitat și a văzut că era un mesaj de la Lia.

"Am vrut doar să te anunț că voi călători cu Little Dorrit."

"Te-ai hotărât să nu zbori - în avion - până la urmă?"

"Micuța Dorrit a apărut și e în programul meu."

"Sună ca un plan." A trimis un emoji cu degetul mare în sus.

"Where r u?", a întrebat ea.

"Chiar peste Atlantic. Apă, apă și iar apă."

S-au deconectat și el a accelerat ritmul, traversând Africa, unde a zărit Insula Robben - închisoarea în care îl ținuseră pe Nelson Mandela timp de aproape treizeci de ani.

Stomacul îi mârâia; nu-i plăcea sandvișul din rucsac. Așa că a coborât în Cape Town și a sperat că își va putea folosi cardul bancar pentru a lua ceva de mâncare. A zărit un semn pentru un local care vindea "Fish and Chips tradițional" cu un steag britanic și acceptau carduri bancare. Și-a dus mâncarea pregătită și a zburat până în vârful Lion's Head. După ce a terminat de mâncat mâncarea, care a fost delicioasă, și-a făcut un selfie și apoi și-a continuat călătoria.

"Trezește-mă peste două ore", i-a spus el scaunului său cu rotile, care a vibrat apoi a accelerat. Când s-a trezit din nou, traversa Oceanul Indian. Populația uriașă de stele din jurul său l-a făcut să se simtă cumva mai puțin singur. A continuat să călătorească, simțindu-se triumfător că era aproape de destinație, când a văzut soarele la orizont împingându-și drumul pe cer pentru a deschide o nouă zi.

Apoi, a apărut chiar în fața lui - a zărit coasta Australiei. Entuziasmat să o vadă cu ochii lui, a accelerat și s-a îndreptat spre ea. Dându-și seama că îi era foarte sete, a băgat mâna în rucsacul său și a scos o sticlă de apă pe care a golit-o. A pus sticla goală înapoi în rucsac pentru a o arunca mai târziu și, deși era încă destul de plin de peștele și chipsurile pe care le mâncase mai devreme. A decis să meargă mai departe și să mănânce sandvișul cu șuncă și brânză pe care unchiul Sam îl împachetase.

A zburat deasupra Australiei de Vest, acum simțind căldura, și-a scos tricoul de trening și l-a pus în rucsac. Și-a continuat drumul spre Outback, în Teritoriul de Nord, întrebându-se unde anume ar trebui să aterizeze, când o pasăre mică, cu pene în nuanțe de albastru accentuate de un inel negru în jurul gâtului, a zburat spre el.

"Urmează-mă, E-Z", a spus ea. "Te-am urmărit."

"Uh, ce ești tu?", a întrebat el.

"Sunt o zână zână", a spus ea. "Haide, te așteaptă."

Un grup de ulii i-a însoțit.

"Nu-ți face griji", a spus zâna zburătoare. "Ei sunt însoțitorii noștri".

A observat forma unică în care se mișcau dungile albe ale poianilor cu pieptul negru. Auzise despre poezia în mișcare, acum știa exact ce însemna acea expresie.

Apoi l-a zărit pe băiat. Era sub ei, făcându-le cu mâna. E-Z i-a făcut semn cu mâna înapoi. În afară de faptul că stătea pe spatele unei păsări excepțional de mari, arăta ca orice alt copil.

"Bun venit în Australia", a spus el. "Se va întuneca în curând, așa că urmați-mă. Oh, și apropo, îmi poți spune Lachie".

"Mă bucur să te cunosc, Lachie! Abia aștept să văd mai multe din fabuloasa ta țară. Îmi doresc doar să pot sta mai mult timp".

"Acestea sunt Pădurile Savanna", a spus băiatul. "Inspiră adânc și vei observa mirosul de eucalipt".

"Da, miroase minunat", a spus E-Z.

Au continuat să călătorească, prin ținutul de piatră, peste câmpii inundabile și billabongs. În cele din urmă, au ajuns la destinația lor din The Outliers.

"Aici locuiesc eu", a spus băiatul. "Parcul Național Kakadu este cel mai mare parc național terestru din Australia, cu o suprafață de peste 20.000 de kilometri pătrați. Trăiesc aici, împreună cu plantele și animalele". Zâna zână a aterizat pe capul lui. "Oh, iar ești obosit", a spus băiatul cu un zâmbet. Apoi, către E-Z: "Are adesea nevoie să o ducă cineva cu mașina".

Când au ajuns într-o zonă care semăna cu o tabără, băiatul a spus: "Bine ați venit în casa mea".

"Mulțumesc", a spus E-Z. "Mi-ar prinde bine un duș, sau o baie și trebuie să fac pipi".

"Am săpat o budă, acolo, în spatele copacului. Vei fi destul de în siguranță. Apoi o să-ți arăt unde este cascada, ca să te poți spăla."

"O cascadă, nu? Sunt crocodili acolo?"

"Sunt crocodili pe aici... dar sunt obișnuiți ca eu să folosesc cascada. Vin cu tine pentru prima dată, dacă vrel."

"Nu, eu am aripi, la fel și scaunul meu. Vom zbura dacă vom auzi stropi puternici!"

"Goodo", a spus cel mai tânăr. "Doar plutește în apa care cade - nu ateriza - și ar trebui să fii bine. Între timp, voi aduna niște mâncare pentru cină. Dacă aveți nevoie de ajutor, strigați și voi veni în fugă."

Pe măsură ce se apropia de cascadă, a observat semnele - și o mulțime de semne cu DANGER și AVERTISMENT pe ele. Unul dintre ele spunea că sunt crocodili de apă dulce și de apă sărată. Ura.

"Sus, până sus, în vârf!", și-a îndrumat scaunul. A intrat direct în apă, cu fața în față și a stat acolo bucurându-se de ea în timp ce cădea peste și în jurul lui. Era rece, la început, dar când s-a obișnuit cu ea, s-a simțit bine.

În timp ce se uita în jur, s-a gândit la emu pe care l-a întâlnit băiatul. I se părea ciudat ca o pasăre de mărimea ei - cu acele aripi enorme să nu poată zbura. A citit pe internet despre păsările care nu puteau zbura. A fost surprins să vadă pe listă kiwi, alături de emu, struți, pinguini, casuari și reși. A citit pe internet că ADN-ul ratițelor s-a modificat, astfel că acum nu mai pot zbura. S-a simțit puțin vinovat că el, un băiat, putea zbura, în timp ce acele păsări frumoase nu puteau.

După ce a fost curat și îmbrăcat cu un nou set de haine, s-a întors la băiat, care se ocupa cu pregătirea mesei lor.

"Aceasta este o prună de bibilică."

E-Z a luat o mușcătură. Avea un gust uimitor.

"Acesta este un măr roșu de tufă, iar acestea sunt coacăze negre."

E-Z a mâncat totul și i-a plăcut la nebunie.

"Ăsta a fost desertul nostru, trebuie să pregătesc felul principal." Băiatul a săpat și a săpat, apoi a venit cu o oală care era prea fierbinte pentru el ca să o poată mânui. Când a îndepărtat capacul cu un băţ, mirosul a ceea ce gătise i-a făcut lui E-Z gura apă.

"Acestea sunt midii", a spus băiatul, punând câteva pe o frunză.

"Sunt foarte bune. Nu am mai încercat niciodată midii până acum."

Soarele cădea de pe cer. "E timpul să dormim", a spus băiatul.

"Mulţumesc din nou că m-ai făcut să mă simt atât de binevenit". E-Z a căscat. Până atunci, nu-şi dăduse seama de cât timp fusese treaz.

"O să dormi acolo sus", a arătat el spre un copac în care se afla o căsuţă în copac şi o scară de frânghie care ducea în jos. "Poţi să zbori sus, îţi pui frână ca să nu te mişti în somn. Camera mea este acolo", a arătat spre un alt copac în care o frânghie ducea în jos şi o căsuţă în copac în vârf.

"Dormi acum", a spus Lachie. "O să ne dăm seama de toate dimineaţa.

CAPITOLUL 2
JAPONIA

ALFRED AR FI PUTUT fi lăsat de E-Z în drum spre Australia. În schimb, el a decis să zboare în mod tradiţional - cu un avion.

A fost nevoie de câteva negocieri din partea lui Sam, pentru a convinge compania aeriană să îi ofere un loc lebedei trompetă. Ca să nu mai vorbim de un loc în faţă, la First Class. Sam s-a folosit de relaţiile sale de la serviciu, pentru a-l ajuta pe Alfred să călătorească cu stil.

În cabină, purtând căşti şi papionul său norocos, Alfred s-a simţit ca acasă. Era relaxat, iar însoţitorul de bord era atent. Cu toate acestea, abia aştepta să ajungă în Japonia. Şi să îl cunoască pe băiatul pe nume Haruto.

Alfred îşi avea rucsacul depozitat în apropiere, iar înăuntru avea câteva gustări. Aştepta până când îi era cu adevărat foame înainte de a se înfrupta din pungile sale de orez sălbatic și țelină sălbatică. Alături de mâncare, avea o baterie de rezervă pentru telefon și cardul de credit al lui Sam, cu o scrisoare de consimțământ pentru ca el să îl folosească.

În timp ce se uita pe fereastră, în timp ce norii treceau pe lângă el, se gândea la Haruto. Conform notițelor lui Rosalie, era mult mai tânăr decât ceilalți copii. Și nu avea nicio idee despre ce puteri avea - presupunând că avea puteri.

Planul lui Alfred era să le explice mai întâi totul părinților lui Haruto și să spere că îi va convinge. Apoi, să intre mai ușor în mai multe detalii despre modul în care Haruto ar putea ajuta, odată ce își confirma domeniul de expertiză, adică ce puteri avea.

Partea dificilă ar fi fost să-i convingă să-i lase pe tânărul lor fiu să călătorească peste hotare. Plata nu era o problemă - Sam a spus că ar trebui să folosească cardul de credit pentru asta. Dar să-i convingă să fie de acord ca o lebădă să le lase copilul să le ducă copilul în America de Nord, asta da, ar fi fost nevoie de ceva convingere.

S-a lăsat pe spate în scaun, iar acesta s-a înclinat.

"Doriți ceva?", a întrebat drăguța însoțitoare.

Era un lucru bun că oamenii îl puteau înțelege acum. Îi făcea viața mult mai ușoară, din moment ce nu avea nevoie de translator.

"O ceașcă de ceai mi-ar prinde bine", a spus Alfred. "Într-un bol", a adăugat el. "Este dificil să bagi ciocul ăsta într-o ceașcă de ceai".

Însoțitorul a zâmbit. Câteva clipe mai târziu s-a întors cu un bol, un pliculeț de ceai, zahăr, lapte și un alt bol cu apă mai rece. "În cazul în care ceaiul este prea fierbinte", a spus ea.

"Foarte grijuliu, într-adevăr", a spus Alfred.

A lăsat ceaiul să se răcească și a continuat să se uite pe fereastră. Era atât de plăcut să poată sta liniștit și să se bucure de priveliște. Fără să fie nevoit să se îngrijoreze de rafalele mari de vânt, de zăpadă, de ploaie sau de prădători.

În cele din urmă, și-a băut ceaiul cu puțin lapte și zahăr, apoi a adormit.

S-a trezit la un anunț că însoțitorii de bord pregăteau pasagerii pentru aterizare. Dormea pe toată durata zborului!

Prin fereastră a avut o priveliște completă a aeroportului Haneda. În jurul acestuia a văzut multă,

multă iarbă proaspătă pe care să o mănânce. A gustat puțin și și-a păstrat orezul și țelina pentru mai târziu.

Mai departe, se vedea conturul celui mai înalt munte din Japonia - Muntele Fuji. Sam avusese dreptate, așezarea pe partea stângă a avionului era cel mai bun loc pentru a vedea ceea ce era cunoscut ca fiind inima Japoniei.

"Știați că există o punte de observație, la etajul cinci? S-ar putea să aveți o priveliște mai bună a Muntelui Fuji de acolo", l-a spus însoțitorul lui Alfred.

"Mi-aș fi dorit să am mai mult timp, dar vă mulțumesc. Poate pe drumul de întoarcere".

Însoțitorii i-au permis să iasă primul din avion. S-au aliniat pentru a-și lua rămas bun, de parcă ar fi fost un star rock.

Deoarece Alfred avea doar bagajul de mână și lebedele nu se califică pentru pașapoarte, s-a îndreptat spre ieșirea din aeroport pentru a găsi un taxi.

Înainte de călătorie, a căutat pe internet să afle cum să închirieze un taxi în Japonia. Informațiile îi spuneau că ar trebui să caute un autocolant roșu în colțul din dreapta jos al parbrizului taxiurilor. Acest autocolant roșu confirma faptul că taxiul era disponibil pentru închiriere.

Când a găsit unul cu autocolant, a fost foarte fericit. A zburat până la fereastra deschisă și i-a dat șoferului un bilet folosind ciocul. Biletul indica unde trebuia să meargă. Șoferul a fost amabil și nu l-a deranjat să transporte un pasager lebădă. A apăsat un buton de pe volan care a deschis ușa din spate pentru ca Alfred să poată intra. Șoferul a închis ușa și au plecat.

Haruto și familia sa locuiau în al doilea oraș ca mărime din Japonia, numit Yokohama. Deși a încercat să admire priveliștile, inclusiv linia orizontului, tot la ce se gândea era cum avea de gând să-i convingă pe Haruto și familia sa să se implice în lupta lor împotriva Furiei.

Telefonul din rucsacul său a vibrat. A băgat mâna înăuntru; era un mesaj de la E-Z.

"Cu Lachie acum. Ce mai faci în Japonia?"

A tastat cu ciocul, o ispravă pe care o învățase singur în timp ce călătorea singur în Japonia. Era și rapid și nu făcea prea multe greșeli de dactilografiere.

"Aproape de Yokohama acum, într-un taxi. Sper să ajung în curând la casa lui Haruto."

E-Z i-a trimis un emoji cu degetul mare în sus.

Fiului lui Alfred îi plăcuse să construiască roboți Gundam. În Yokohama, se construia un robot uriaș. Când va fi finalizat, va avea o înălțime de 59 de metri, a descoperit el citind despre el pe internet. Fiului său i-ar fi plăcut să viziteze Japonia pentru a-l vedea. De când au murit, Alfred a încercat să nu se mai gândească la ei, pentru că îl întrista. Astăzi însă, aici, în Japonia, a decis să vadă tot ce poate, ca și cum familia sa ar fi fost alături de el, alături de el. Viața era prea scurtă, chiar și ca lebădă, pentru a fi trist tot timpul.

Șoferul a oprit în fața unei Case Grădină cu trepte cu flori de ambele părți ale balustradelor. Șoferul a deschis portiera și Alfred a ieșit. A urcat câteva scări, s-a oprit și a mâncat iarba care era din belșug de o parte și de alta a scării. Aerul era răcoros și parfumat, iar grădina privată din fața casei era frumoasă. Aproape de vârf, a observat că zona din față care înconjura casa era foarte primitoare, cu o bufniță de apă în stânga, lângă intrare. Cu toate acestea, casa în sine avea toate jaluzelele trase ca și cum nu ar fi fost nimeni acasă. Spera din tot sufletul ca cineva să fie acolo pentru a-l întâmpina. Avea chef de o gustare și de puțină odihnă.

A bătut la ușă cu ciocul. O voce a emanat dintr-o cutie de lângă mijlocul ușii, la care nu putea ajunge fără să-și ia zborul - ceea ce a și făcut.

"Numele meu este Alfred", a spus el.

Ușa s-a deschis și o femeie în vârstă i-a făcut semn să intre. A urmat-o, întrebându-se dacă nu cumva cineva din echipă contactase familia pentru a face prezentările înainte de sosirea lui.

A continuat să o urmeze, în timp ce sunetul tălpilor sale palmate care plesneau pe podeaua de lemn masiv erau singurele sunete care se auzeau. Interiorul casei era plin de lemn - iar orhideele parfumate umpleau aerul. Femeia în vârstă l-a condus spre zona de zi, care era plină de mobilier, în mare parte din piele. Jaluzelele din spatele casei erau deschise - el a admirat priveliștea verdeața plușată din grădina din spate. Ea a arătat spre un scaun, iar el s-a mișcat pentru a se așeza în el.

Abia se făcuse comod când femeia s-a întors în cameră cu o tavă plină cu ceai fierbinte aburind și câteva prăjituri. Era aproape ca și cum l-ar fi așteptat - fie asta, fie că în Japonia fierbeau mult mai repede ceainicele.

În spatele ei se afla un băiețel, care se ținea de piciorul ei și se ascundea după el. Băiatul avea vârsta potrivită pentru a fi Haruto, dar după ce citise că nu trebuia să strigi un japonez pe numele mic fără să ți se dea voie. Din când în când, băiatul se uita la Alfred, apoi se ascundea din nou. Părea să aibă cel mult patru sau cinci ani și purta un tricou cu Optimus Prime, pantaloni scurți și papuci în picioare.

"Îți place Optimus Prime?" a întrebat Alfred.

Băiatul a zâmbit, apoi s-a întors la locul său de ascundere.

Femeia l-a alungat, ca să poată servi ceaiul.

Alfred avea un translator configurat pe telefon. A citit cuvintele "bună ziua" pe ecran și a spus: "Kon'nichiwa". Și-a cerut scuze pentru pronunția sa proastă.

"E britanic", a spus băiatul, iar când a făcut-o, femeia mai în vârstă a bombănit.

Alfred a fost luat prins prin surprindere de cât de bine vorbea engleza acest băiat tânăr. "Ah, tu vorbești engleza. Și da, așa este. Ești deștept că ai observat accentul meu."

Băiatul s-a uitat la femeie înainte de a vorbi de data aceasta. Ea a dat din cap.

"Tatăl și mama sunt la muncă", a spus el. "Aceasta este Sobo a mea" (care în traducere înseamnă bunica) "și numele meu este Haruto".

"Bună ziua", a spus femeia, tot în engleză. "Ar trebui să te întorci, mai târziu".

"Numele meu este Alfred. Pot să-ți spun Haruto al tău?" Băiatul a dat din cap, apoi către femeie: "Cum ar trebui să-ți spun?".

"Sobo", a spus ea, "toată lumea îmi spune Sobo, deoarece sunt bunica lui Haruto, sunt bunica tuturor. El este fericit să mă împartă cu el".

Alfred a dat din cap: "Sunt foarte încântat să vă cunosc pe amândoi".

"Te-a trimis Rosalie?" a întrebat băiatul.

"Ți-o amintești pe Rosalie?" a întrebat Alfred. Era super încântat că aveau această legătură - deși faptul că știa dinainte că Haruto putea vorbi engleza l-ar fi scutit de ceva anxietate. Cu toate acestea, a decis să urmeze sfatul femeii și s-a ridicat pentru a pleca.

"Tatăl meu lucrează în apropiere", a spus Haruto.

"Trebuie să găsesc un loc unde să stau. Îmi puteți recomanda un loc în apropiere?"

Bunica lui Haruto i-a dat lui Alfred o adresă cu indicații despre cum să ajungi acolo pe jos.

"Îl voi suna pe prietenul nostru care administrează hotelul. El te va ajuta să te instalezi și te poți alătura fiului meu mai târziu la cafenea."

"Mulțumesc", a spus Alfred.

Plimbarea până la hotel a fost scurtă și s-a bucurat de aerul proaspăt. A gustat chiar și niște iarbă japoneză care avea un gust destul de bun și a luat și el câteva înghițituri din fântâni.

Camera era mică, dar avea tot ce-i trebuia și era excepțional de curată și bine echipată. Pe noptiera lui se afla o lampă, cu baza în formă de bufniță. A apăsat-o și a stins-o, observând cum i se aprind ochii. A făcut un duș, s-a schimbat cu un alt papion, apoi s-a îndreptat spre cafeneaua unde urma să se întâlnească cu tatăl lui Haruto.

Telefonul său a vibrat; era din nou un mesaj de la E-Z.

"Ce mai face Japonia?"

"Drăguță", i-a răspuns el prin SMS, folosindu-și ciocul pentru a tasta. "L-am cunoscut pe Haruto și pe bunica lui. Vorbesc engleză. Este foarte timid, dar a cunoscut-o pe Rosalie. Era vizibil tânăr - poate patru sau cinci ani. S-ar putea să fie greu să-i convingi familia să-l lase să vină în America de Nord."

"Rosalie știa că are puteri - dar da, este mai tânăr decât am crezut că va fi", a spus E-Z. "E bine că vorbesc engleza. Unde te afli acum?"

"Mă duc la o cafenea să mă întâlnesc cu tatăl lui Haruto. Apropo, nu cred că Rosalie a avut timp să-și actualizeze sau să-și completeze notițele despre Haruto. S-a referit la el ca la un bebeluș."

"Nu știu cât de îngrijorați ar trebui să fim în acest stadiu, dar citeam pe internet - se spunea că The Furies pot lua orice formă. Doar împărtășeam informația. Cum nu le putem recunoaște, dacă află despre noi, va trebui să fim atenți."

Alfred a trimis un emoji cu degetul mare în sus.

"Trebuie să plec acum", a spus E-Z.

CAPITOLUL 3

NIGHTMARES

E-Z DORMEA ȘI ERA treaz. Adică, putea vedea tavanul de deasupra patului său, simţea salteaua care îi susținea spatele. Și totuși, în capul lui urlau trei banshee:

"Spune-ne unde ești!"

"Spune-ne!"

"Spune-ne ACUM!"

"Nuoooooooooooooo!", a țipat el.

Apoi, deasupra capului său, pe tavan, se afla o oglindă. Dar persoana din ea, care se reflecta la el, nu era el însuși. În schimb, era unchiul său Sam. Iar în reflexie, unchiul Sam țipa și se zbătea de durere.

"Unchiul Sam este în bârlogul nostru!", a strigat prima vrăjitoare.

"Și nu se va mai întoarce niciodată afară!", i-au reproșat la unison celelalte două.

Apoi cele trei au izbucnit într-un fel de râs, cum nu mai auzise niciodată. Sunetele erau asemănătoare cu cele ale hienelor, guturale, animalice.

"Vorbește!", au cerut vrăjitoarele malefice și l-au împuns și înțepat pe unchiul Sam ca și cum ar fi fost o bucată de carne pregătită înainte de coacere.

"E-Z", a spus Unchiul Sam, cu vocea tremurândă, ca și cum corpul său ar fi fost în reflexie. "Orice vor, nu le dați. Orice mi-ar face, nu ceda."

"Dacă îi faci rău", a spus E-Z, "eu, eu..."

"Spune-ne unde ești, unde sunt cu toții, și o să-i dăm drumul", au cântat împreună cu o voce care nu ar fi părut deplasată în Hades.

"Tot ce ne trebuie este un indiciu, sau două", a spus cel de-al doilea.

"Spune-ne cine este cine", a spus primul.

"Sau vom scăpa de voi știți cine", a spus cel de-al treilea.

Apoi au râs. Vocile lor în capul lui, îl făceau să sufere atât de tare. Dar nu făcea decât să viseze. Trebuia să se trezească - ACUM.

"Ahhhhhhhhhhhhhhhhhhhhhhhhhhhhhhhhhhhhhhhhhhh!" a strigat unchiul Sam.

Mai multe râsete.

E-Z s-a trezit și a realizat rapid că se afla în Australia cu Lachie, nu acasă, în propriul pat. Și-a verificat telefonul, dar avea doar o singură bară. A continuat să verifice, până când a avut suficiente bare pentru a-l suna pe Unchiul Sam. Ca să se asigure că era bine. Că fusese un coșmar și nimic mai mult.

Sub căsuța din copac, îl putea auzi pe Lachie mișcându-se. Probabil că pregătea micul dejun. Era bine să vadă viața tânărului. Cum se refăcuse la loc după toate prin câte trecuse. Oamenii erau destul de remarcabili.

Orice gătea Lachie mirosea bine, iar prima lui înclinație a fost să zboare direct acolo și să-i povestească despre coșmarul său. Dar ceva în mintea lui îi spunea să păstreze totul pentru el - deocamdată. La urma urmei, The Furies nu aveau cum să știe unde locuia. Unde locuiau cu toții. A verificat din nou barele de pe telefon - de data asta nici măcar o singură bară. L-a băgat în buzunar și a zburat în jos.

"Ai dormit bine?" a întrebat Lachie, punând cu lingura lichidul dintr-o oală așezată deasupra focului într-un bol.

E-Z l-a acceptat. "Am avut un vis ciudat, dar în rest, da. Este frumos acolo sus. Mulțumesc că ai fost atât de primitor".

"Nu vă faceți griji. Sunt o mulțime de spirite aici. Și sunete nefamiliare pentru tine. Dacă vreți să vorbim despre vis, nu ezitați", a spus Lachie.

"Poate mai târziu."

"Bine, dă-i drumul și sapă. Sper că îți plac ciupercile".

"Le iubesc", a spus E-Z în timp ce își băga în gură o cantitate mare din supa fierbinte și aburindă. "Este foarte bună."

"Oh, stai puțin, am uitat de damigeană - asta e pâine". A deschis o folie de aluminiu care se afla în centrul focarului și a rupt-o în patru, dându-i lui E-Z prima parte.

"Aceasta este cea mai bună pâine pe care am gustat-o vreodată! Cum ai învățat să gătești așa?".

"M-au învățat niște localnici. Mă bucur că îți place."

Au stat liniștiți, în timp ce soarele le zâmbea de sus de pe cer. E-Z a încercat să nu se gândească la coșmarul său. Și-a scos telefonul din buzunar și a verificat din nou barele. Abia dacă mai era unul. Îi plăcea tehnologia - când funcționa.

"Acum că ai burta plină, hai să vorbim despre motivul pentru care te afli aici", a spus Lachie. "Mai ales, despre cum îți pot fi de ajutor."

E-Z nu a vorbit, în schimb s-a uitat din nou la telefon cu inima plină de speranță. Lachie nu părea deranjat de asta, căci rupea o altă bucată de damf. În cele din urmă, și-a revenit și și-a concentrat atenția asupra problemei în cauză.

"Îmi pare rău, gândurile mele erau la un milion de kilometri distanță".

"Nu e nicio problemă. Vrei mai mult damper?"

"Nu, sunt bine așa. Așadar, aș vrea să știu, în primul rând, ce ți-a spus Rosalie despre noi trei. Adică, Alfred, Lia și cu mine."

"Da, mi-a spus totul despre voi trei. Era ca și cum ar fi fost chiar aici cu mine, spunându-mi o poveste de adormit. Cu cât îmi spunea mai multe, cu atât mai mult îmi doream să vă cunosc, să vă ajut."

"Mă bucur să aud că ai vrea să mă ajuți. Lasă-mă totuși să te pun la curent cu detaliile înainte de a te angaja. Nu va fi un drum ușor pentru niciunul dintre noi."

"Nu mi-e frică de o provocare", a spus Lachie. "Ce ți-a spus Rosalie despre mine?".

"Ca să fiu sincer, nu mi-a spus prea multe, dar am citit despre tine pe internet. Ți-ai dat seama vreodată ce s-a întâmplat cu părinții tăi?".

"Nu, și nici nu vreau să aflu. Sunt fericită aici, autosuficientă. Nu am nevoie de nimeni."

"Toată lumea are nevoie de prieteni", a spus E-Z.

"Poate."

"Ți-a spus Rosalie despre The Furies?"

"Nu, dar a spus că vei apela la mine într-o zi, când vei avea nevoie de ajutorul meu pentru a lupta împotriva răului. Și a menționat The Furies - de care auzisem deja."

"Serios? Ce ai auzit?" a întrebat E-Z.

"Indigenii, de la care învăț câte ceva nou de fiecare dată când sunt cu ei, știu totul despre The Furies. I-au luat în vizor pe originari, încercând să-i pedepsească și împingându-i de pe pământurile lor."

"Lachie s-a ridicat, a turnat puțină apă pe foc și s-a asigurat că s-a stins complet.

"Eu unul cred că răul trebuie să existe pentru ca binele să supraviețuiască - dar trebuie să existe un fel de cod - iar ei nu urmează un cod. Tot ceea ce fac este pentru propria lor autoconservare, iar acesta nu este un mod de a trăi."

"Acestea sunt cuvinte înțelepte, pentru un copil de vârsta ta", a spus E-Z. După ce le-a spus, s-a simțit puțin jenat, ca și cum ar fi încercat prea mult să fie înțelept, fiind cel mai mare dintre cei doi. "Cred că ai probabil șapte sau opt ani, nu-i așa?".

"Cred că da, dar în ceea ce privește vârsta mea reală nu sunt sigur. Când m-au găsit, nu au găsit niciun document care să o dovedească. Cred că atunci când vocea mea va începe să se schimbe, voi avea o idee mai bună." A râs.

"Între timp, îți poți alege singură vârsta", a sugerat E-Z.

"Așa cum mi-am ales și eu numele", a spus Lachie. "Oricum, orice ai nevoie să fac, mă bag."

"Ceea ce se întâmplă cu The Furies, este că folosesc internetul. Știi despre internet, da?"

"Da, știu. Au wi-fi la bibliotecă. Îmi place să citesc. Mitologia este destul de mișto. Și SF-ul."

"Furiile se folosesc de jocurile online multiplayer pentru a-i prinde în capcană pe copii. Majoritatea copiilor joacă jocuri, inclusiv eu", a spus E-Z.

"Jocurile sunt o pierdere de timp", a spus Lachie. "Asta m-au învățat profesorii indigeni. Viața este prea scurtă pentru a o irosi cu distracții fără scop".

"Totuși, toată lumea iubește jocurile", a spus E-Z. "Aș putea să vă dau cifre la nivel mondial, dar principalul lucru este că Furiile profită de acest fenomen. Este ca și cum fiecare copil care se joacă, le-a dat acces la inimile și mințile lor."

"Cum așa?"

"Pentru a urca de nivel în cadrul jocului, trebuie să îndeplinești o listă de sarcini. Este singura modalitate de a avansa în joc. Dacă nu ai face ceea ce ți se cere, nu ar mai avea rost să joci jocul. Și totuși, ceea ce ți se cere să faci de multe ori este împotriva legii în viața reală."

"Împotriva legii! Cum ar fi?" a întrebat Lachie.

"Cum ar fi să ucizi."

Lachie a clătinat din cap.

"Este un joc, așa că faci ceea ce trebuie să faci ca să ajungi la nivelul următor."

"Bine, cred că am înțeles. Mandatul Furiilor era să-i pedepsească pe cei care au comis crime și au rămas nepedepsiți. Ele răstălmăcesc acest mandat, pentru a răni copii care joacă un joc imaginar."

"Așa e, Lachie. Exact. Și când copiii mor, le fură sufletele."

"Pentru ce?"

"Ai auzit vreodată de "Soul Catchers"?"

"Nu", a spus Lachie.

"Când mori, sufletul tău are un loc de odihnă veșnică. Se numește un Prinzător de suflete. Dar acești copii nu sunt meniți să moară atunci când Furiile îi vor lua, așa că nu-i așteaptă niciun Prinzător de Suflete."

"De unde știi toate astea?" a întrebat Lachie.

"Arhanghelii nu numai că mi-au spus, dar mi-au și arătat. Am fost în Prinzătorul de Suflete de câteva ori. Ei m-au chemat acolo. Nici măcar nu știam cum se numește până când au apărut toate astea. Nu este ceva de care oamenii ar trebui să fie preocupați. Cei mai mulți cred că vom merge în rai sau în iad."

"Dacă prinzătorul tău de suflete era pregătit, iar tu ești doar un copil, de ce nu sunt și ai lor pregătiți?".

"Bună întrebare. Una la care nu m-am gândit până acum. Cred că am presupus că sunt o circumstanță specială", a spus E-Z. "Dar știu că arhanghelii au stricat ceva. Ceva despre care nu vor să vorbească. Poate că de aceea au nevoie de ajutorul nostru, ca să repare chestia asta."

"Totuși, cum o fac? Asta e ceea ce nu înțeleg."

"Au îndoit regulile, în speranța de a prelua controlul asupra tuturor Captatorilor de Suflete. Când murim, sufletele noastre ar trebui să intre într-unul care ne așteaptă la moarte. Nu sunt menite să fie transferabile. Dacă le controlează pe toate, atunci fiecare suflet nu va avea unde să se ducă. Asta va împinge viața de apoi în haos. Deci, acum că ai auzit totul - mai ești de acord?".

"Da, cu siguranță. În plus, nu e nimic mai bun de făcut aici. Ar trebui să fiu o aventură interesantă."

"Ca să fiu sută la sută sincer", a spus E-Z, "nu va fi ușor. Și îți vei pune viața în pericol alături de noi toți. Dar ne vom acoperi unul pe celălalt.

"Vom învinge!"

"Sper că da, dar mai întâi trebuie să ne gândim cum vom ajunge acolo. Unchiul Sam a pus niște bilete de avion la păstrare pentru noi. Ceea ce trebuie să facem este să le luăm de la cel mai apropiat aeroport internațional. El le-a rezervat."

"Nu e nevoie!" a spus Lachie. "Am propriul meu mijloc de transport". Și-a pus cele două degete în gură și a fluierat.

Timp de câteva minute nu s-a întâmplat nimic.

a întrebat E-Z.

Lachie a rămas foarte nemișcat în timp ce copacii se mișcau și se mișcau în șoaptă.

Apoi, E-Z a auzit un fâlfâit de aripi. După cum se auzea, ceea ce venea avea aripi gigantice.

Apoi, creatura a pătruns printre frunzele copacilor. Nu ar fi fost de nelalocul ei în niciunul dintre filmele cu Harry Potter.

"Este un dragon?" a întrebat E-Z.

"Este un Aussiedraco", a spus Lachie. "Cunoscut și sub numele de pterozaur, așa că este local". Dragonului i-a spus: "Bună ziua, amice", și a plecat să-l salute. Uriașa creatură solzoasă și-a coborât capul. Lachie l-a mângâiat, apoi a sărit pe spatele lui.

"Haide, E-Z, ce mai aștepți?".

"Uh, am propriul meu mijloc de transport".

Lachie și-a dat capul pe spate și a râs.

"HAR-HAR-R-R-R-R-R!"

i s-a alăturat și creatura.

"Numele lui este Baby", a spus Lachie. "Urcă-te pentru că Baby vrea să te ia la plimbare, iar ceea ce vrea Baby, Baby primește."

"Dar scaunul meu!"

Baby și-a întins gâtul lung și l-a luat pe E-Z. Fără scaun, l-a aruncat pe spate. E-Z s-a agățat de Lachie în timp ce Baby a sărit în aer.

"Ferește-te de copaci!" a strigat E-Z.

Lachie și Baby au râs.

Au zburat, peste kilometri și kilometri de nisip roșu.

Destul de curând, E-Z nu s-a mai simțit speriat.

Au zburat deasupra mai multor formațiuni stâncoase, una dintre ele semăna cu Homer Simpson întins. Apoi, au văzut Uluru, monolitul uriaș și roșu.

Și-au petrecut întreaga zi zburând prin Australia, admirând priveliștile.

"Mai bine ne întoarcem", a spus Lachie. "Avem nevoie de un somn bun înainte de a pleca spre America de Nord și de a ne întâlni cu restul echipei".

"Sună ca un plan", a spus E-Z, care acum se bucura din ce în ce mai mult de călătorie și își dorea să nu se mai termine niciodată. Nu avea să cadă, avea aripi dacă avea nevoie de ele - dar știa un lucru cu siguranță, să zboare pe Baby era viața.

Se întreba doar unde avea să o țină când se vor întoarce din nou acasă. Dragonul era prea mare ca să încapă în garaj. Avea să se descurce cu această problemă când avea să treacă acel pod. Poate că dacă el și Micuța Dorrit deveneau prieteni, puteau dormi împreună?

"Nu-ți face griji pentru mine", a spus Puiu.

E-Z a făcut o dublă impresie.

"Uh, da, pot să citesc gândurile. Nu tot timpul și nu pe a tuturor", a spus Baby. "O să mă descurc singură cu aranjamentele mele de dormit. Iar în ceea ce privește Micul Dorrit, ei bine, unicornii și dragonii nu se înțeleg de obicei - dar aș fi dispusă să încerc."

Baby i-a lăsat acolo și a zburat în noapte.

E-Z și-a amintit de Unchiul Sam, dar era prea obosit ca să mai facă ceva în privința asta. Îl va suna dimineață. Bineînțeles, totul ar fi fost bine.

CAPITOLUL 4

PĂRĂSIREA AUSTRALIEI

ÎN DIMINEAȚA URMĂTOARE, ÎN timp ce E-Z și Lachie se pregăteau de călătorie, au stat de vorbă și au început să se cunoască mai bine.

"Trebuie să-mi reîncarc telefonul și să-l sun pe unchiul Sam. Aș vrea să fac o oprire pentru a le face pe amândouă înainte de a părăsi Australia."

"Nicio problemă, pentru că și eu aș vrea să iau câteva provizii. Putem face totul în același timp. Eu voi face cumpărăturile, tu îți poți încărca telefonul și îl poți suna pe unchiul tău. E ceva ce ar trebui să știu?"

"Doar un vis ciudat pe care l-am avut. M-a făcut să vreau să-l verific ca să nu-mi fac griji inutile."

"Destul de corect", a spus Lachie în timp ce a depozitat câteva obiecte de gătit, astfel încât să fie în siguranță până când se va întoarce. "Cu siguranță o să-mi lipsească acest loc."

"Știu, la fel și de prietenii tăi, dar îți vei face alții noi și toată lumea te va face să te simți ca acasă. În plus, te vei întoarce înainte să-ți dai seama".

"Asta este ceea ce mă îngrijorează. Ce se întâmplă dacă nu vreau să mă întorc? Dacă mă voi obișnui să am oameni în preajmă? Să fiu răsfățată cu facilități?" Făcu o pauză, în timp ce două gazele aterizau, câte una pe fiecare din umerii lui. Păsările i-au ciugulit ușor urechile, de parcă i-ar fi șoptit. Lachie a zâmbit și au zburat.

"Ce au spus?" a întrebat E-Z.

"Uh, nimic cu adevărat. Au spus doar că mă iubesc și că o să le fie dor de mine". Un corb a zburat și a aterizat pe umărul lui. "Acesta este prietenul meu, Erroll."

"Încântat de cunoștință, Erroll", a spus E-Z. "Uh, cum ați devenit voi doi prieteni?".

Lachie a râs. "Ciudat că întrebi asta. Errol e prin preajmă de extrem de mult timp. De fapt, bunicul său, de mai multe ori, a fost un animal de companie pentru cineva care ar putea fi ruda ta îndepărtată. Asta dacă ești rudă cu Charles Dickens?".

E-Z s-a aplecat, dând din cap. Lachie avea cu siguranță toată atenția lui acum.

"Charles Dickens a avut un corb de companie al cărui nume era Grip. Potrivit poveștilor transmise de-a lungul anilor, Grip a fost cel care l-a inspirat pe Edgar Allan Poe să scrie cel mai faimos poem al său, numit Corbul."

"Wow, asta e atât de tare!" a exclamat E-Z.

"Păsările sunt super inteligente. La fel ca și bătrânii indigeni care m-au luat sub aripa lor când am ajuns prima dată în Outback. M-au învățat să citesc și să scriu, să pregătesc mâncare. De asemenea, m-au învățat cum să recunosc și să evit flora și fauna otrăvitoare.

"Învăț câte ceva în fiecare zi de la creaturile pe care le întâlnesc și cu care vorbesc. Se spune că, pe vremuri, toată lumea putea vorbi cu animalele - nu doar eu - dar ceva s-a schimbat. Ei cred că s-a întâmplat în creierul nostru, dar orice s-a întâmplat cu ceilalți nu mi s-a întâmplat mie."

"De unde au știut că ești diferit?"

"Ei spun că au auzit despre mine, când m-am născut și când am devenit băiatul din cutie. Chiar înainte de a mă naște, zvonurile despre mine zburau în șoaptă în jurul lumii. Mă așteptau, asta mi-au spus de mult timp."

"De cât timp?" a întrebat E-Z.

"Nu vreau să par încrezut, dar se spune că Mozart știa despre mine - avea un starling de companie și a trăit în secolul al XVII-lea. Asta e mai recent. Înainte de el, se poate da de la Virgil, în anul 70 î.Hr. Știai că avea o muscă de companie?".

"Serios? O muscă - un animal de companie?"

"Am vorbit cu o muscă din tufișuri care era rudă cu Virgil - șchiopul lui se numea Leonard, sau Leo pe scurt, și mi-a confirmat totul." Lachie a luat o oală și a ascuns-o în tufișuri, împreună cu alte câteva lucruri. "Am stat de vorbă și cu ruda papagalului lui Andrew Jackson. Pasărea lui Jackson se numea Pol - a fost un cadou pentru soția lui - și era mascul, dar cum ruda lui era de sex feminin, numele ei era Polly. Avea un simț al umorului ciudat!"

"Așa se pare. Uh, sper că putem vorbi mai mult, dar trebuie să te întreb despre puterile tale speciale - și ar trebui să plecăm în curând, asta dacă ai pus totul la loc sigur."

Lachie a dat din cap: "Sigur că da. Aproape gata. Trebuie doar să mai pun în siguranță câteva lucruri.

Între timp, de ce nu-mi povestești mai întâi despre tine?".

"Ei bine, m-ai văzut deja pe mine și scaunul meu în acțiune - da, putem zbura. Scaunul meu are puteri speciale, în afară de zbor, poate captura infractori și are un gust pentru sânge. Suntem o pereche, eu și scaunul meu, ca Batman și Batmobilul său."

"Mișto!" a spus Lachie. "Dar e cam ciudată chestia cu sângele".

"Waste not want not, nu știu cine a spus asta, dar scaunul meu pare să fie de acord. În loc să îl lase să se scurgă pe jos, îl absoarbe.

"Prima noastră salvare a fost o fetiță - am salvat-o de la a fi lovită de un vehicul. Apoi am salvat un avion plin de pasageri. Nu vreau să mă laud și sunt sigur că ați înțeles esențialul. Ajutându-i pe alții, am descoperit că sunt super puternică acum și la fel și scaunul meu. Oh, și am fost protejat împotriva gloanțelor".

"Vrei să spui că oamenii au tras în tine?"

"Da, am avut câteva situații în care au fost implicate arme de foc. Acum e rândul tău".

Cea mai uimitoare putere a mea este, așa cum ați văzut deja - pot vorbi cu orice creaturi, oricare. De fapt, ieri, când ai crezut că vorbești cu Baby, ei bine, într-un fel vorbeai, dar dacă nu eram eu aici, ea ar fi vorbit în bolboroseală. Ea comunică cu tine, prin mine. Sunt ca o rețea, o rețea de siguranță. Pot să o închid sau să o deschid, în funcție de ce decid eu.

"Când eram în cușca aia, animalele stăteau afară și pălăvrăgeau. Uneori credeam că ele comunică cu mine, dar apoi, mă gândeam că poate înnebunesc. Odată, un gândac de bucătărie a zburat printre gratiile cuștii mele și a spus că mă poate ajuta să ies, dacă vreau.

"Yuck, urăsc gândacii. Nu am auzit niciodată de gândaci zburători, totuși."

"De fapt, sunt destul de inteligenți și au un instinct de supraviețuire extraordinar - vreau să spun că mănâncă orice."

"Păcat că nu i-au mâncat pe cei care te-au pus în cutia aia." E-Z s-a gândit pentru o clipă. "De ce nu l-ai lăsat să încerce să te salveze? Vreau să spun că nu aveai nimic de pierdut."

"Cum se spune în zicala aia veche, mai bine îl cunoști pe diavol?"

"Am înțeles asta, deci nu ți-a fost frică de cei care te țineau?".

"Nu era chiar o cutie - era o cușcă. Dar sună mai bine dacă o numesc cutie. În plus, nu mi-au făcut niciodată rău. Mă hrăneau și mă adăpau. Mi-au înlocuit ziarul. Și nu am văzut niciodată cine erau, pentru că purtau măști."

"Nu înțeleg de ce te țineau acolo."

"Asta nu cred că voi ști vreodată. Și nu am mai stat pe aici ca să aflu vreun răspuns după ce m-au lăsat să ies."

"Cum s-a întâmplat asta?"

"Mi-au pregătit o cameră în aceeași casă. Au trimis o doamnă drăguță, să aibă grijă de mine. Nu am ieșit niciodată din casă. Era prea înfricoșător pentru mine."

"Ai putut să vorbești? Adică, dacă ai stat într-o cușcă pentru totdeauna, ai amintiri de dinainte? De părinții tăi?"

"Nu-mi place să vorbesc despre asta. Trecutul este trecutul. Nu-l pot schimba. Întotdeauna privesc înainte. Dar nu m-am născut într-o cușcă. Uneori cred că îmi amintesc că am mers la școală. Dar ar fi putut fi un vis. În unele zile, este dificil să faci diferența între cele două."

E-Z și-a amintit să îl sune pe Unchiul Sam.

"Deci, cum ai ajuns aici, trăind cu animalele și fiind sută la sută autonom? Bănuiesc că nu-ți lipsesc oamenii?".

"Nu-ți poate lipsi ceea ce nu-ți amintești. În ceea ce privește animalele, nu eu le-am ales, ci ele m-au ales pe mine. Au venit în casă, ca și cum ar fi știut că nu mai sunt în cușcă și m-au așteptat să ies. Știau deja că pot vorbi cu ele, că le pot înțelege - dar eu nu știam că pot, până când am încercat. Atunci o întreagă lume s-a deschis pentru mine și a trebuit să fac parte din ea. Nu mai eram singură. Atunci s-au oferit să mă ia și să mă țină în siguranță. Acum ești la curent cu povestea lui Lachie."

"Este o poveste uimitoare. Deci, să vorbești cu animalele. Ai mai descoperit și altceva?"

"Ei bine, da. Dar este destul de nou."

"Spune-mi despre asta."

"E mai bine dacă îți arăt."

"Bine", a spus E-Z.

L-a privit pe Lachie cum s-a ridicat și s-a îndreptat spre un eucalipt din apropiere. A rămas nemișcat lângă copac pentru o secundă, apoi a făcut un pas înainte, astfel încât să se afle în fața trunchiului gros și uzat de vreme al copacului. Apoi a dispărut.

"Ce naiba?"

Lachie s-a mutat de cealaltă parte a copacului, apoi s-a întors din nou împotriva trunchiului.

"Oh, deci ești invizibil?"

"Nu, uită-te mai atent." S-a îndepărtat de copac. "Continuă să-mi urmărești ochii."

E-Z a făcut-o și a putut vedea ochii lui Lachie în trunchiul copacului, dar nu-l putea vedea pe Lachie. "Stai puțin", a spus E-Z. "M-am prins. Este camuflaj - ești un cameleon. Wow!"

Lachie a râs, apoi s-a întors la locul lui.

"Cum ai descoperit asta? Este o putere foarte tare. Te poți amesteca practic oriunde și nimeni nu și-ar da seama!"

"După ce am trăit o vreme cu creaturile - fără să văd vreun om - într-o zi au trecut pe aici niște excursioniști. Am alergat să mă urc într-un copac și să mă ascund, dar nu am avut suficient timp - așa că m-am oprit lângă un trunchi de copac și am rămas nemișcat. Au trecut pe lângă mine, ca și cum nu aș fi existat. Nu puteam să-mi dau seama. O pasăre a aterizat pe umărul meu și un șarpe s-a târât pe piciorul meu. Ei mă puteau vedea, dar oamenii nu. Atunci mi-am dat seama că sunt un cameleon."

"Cum te simți? Adică atunci când treci în modul camuflaj?"

"Nu simt nimic diferit. Pur și simplu se întâmplă."

"Mișto. Ei bine, vrei să știi despre restul echipei și ce abilități aduc la masă?"

Lachie a dat din cap.

"O să-ți placă Lia. Ea este văzătoare. Are ochii în mâini și poate vedea prezentul, în mintea unor oameni și poate întrevedea viitorul, ce se va întâmpla uneori. Această parte a puterii ei pare să fie în creștere. Bineînțeles, mai este și chestia cu vârsta. Când ne-am întâlnit prima dată, avea șapte ani, iar acum are doisprezece."

"Asta e foarte tare", a spus Lachie. "Și am auzit că mama ei și unchiul tău Sam sunt..."

"Te superi dacă plecăm. Doar auzind numele lui Sam îmi crește din nou anxietatea."

"Nu-ți face griji", a spus Lachie. A fluierat și Baby a sosit și au zburat spre cel mai apropiat oraș, unde Lachie a luat câteva lucruri, E-Z și-a băgat telefonul în încărcător și, când a fost suficient de încărcat, a sunat imediat la numărul lui Sam.

Nu a primit niciun răspuns, în schimb apelul a intrat direct în căsuța vocală a lui Sam. A încercat să sune la telefonul Samanthei și aceasta a răspuns imediat. "Bună, sunt E-Z, unchiul Sam este disponibil?"

"Sigur, E-Z, doar o secundă." Câteva șoapte. "Bună, puștoaico", a spus Sam. "Unde ești acum, zbori deja deasupra oceanului?".

"Uh, doar verificam dacă totul este în regulă cu tine", a spus E-Z. "Dacă da, te rog să spui cuvântul de cod."

"Sponge Bob Pantaloni Pătrați", a spus unchiul Sam.

"Oh, slavă Domnului", a spus E-Z. "Am avut un vis ciudat în care te-au prins The Furies".

"Ah, avem niște prieteni la noi și ne pregătim să ne așezăm și să băgăm niște chestii în fondue. Avem ciocolată cu fructe, brânză și legume și brânză cu pâine și carne. Este o selecție destul de mare și avem mai multe feluri de vin. Gemenii sunt deja culcați pentru noapte."

"Uh, asta sună..."

"Trebuie să plec E-Z, ne vedem curând. Ai grijă de tine."

"Unchiul meu e bine și au un fondue - sună ca o petrecere."

"Ce este un fondue?" a întrebat Lachie.

"Este o oală în care se topesc lucruri și apoi se înmoaie alte lucruri în ea. Cum ar fi să înmoi căpșuni în ciocolată și bucățele de pâine în brânză. Și ai dreptate, sunt căsătoriți acum și au născut gemeni de curând, așa că casa este destul de plină și zgomotoasă."

"Ooh, sună delicios", a spus Lachie.

Cu telefonul lui E-Z complet încărcat, cu proviziile lui Lachie ascunse în siguranță în spatele lui Baby, cei doi au zburat din Australia. Au stat de vorbă în timp ce mergeau. După ore întregi în care nu au văzut nimic interesant și cu stomacurile mârâind, s-au pregătit să aterizeze pentru pauze de mâncare și baie.

"Oricum va trebui să aterizăm curând pentru a lua prânzul - în plus, deja mor de foame! Și, apropo, felicitări!"

"Mulțumesc! Putem să ne oprim în Hawaii pentru cheeseburgeri și cartofi prăjiți", a sugerat E-Z.

"Nu știam că hawaiienii sunt specializați în burgeri și cartofi prăjiți".

"Ei fac parte din SUA, așa că, cheeseburgeri și cartofi prăjiți - ca să nu mai vorbim de shake-urile groase - sunt alimente tradiționale excelente pe care să le încerci și îți garantez că o să-ți placă."

"Eu nu mănânc carne. Vacile sunt și ele oameni."

"Au ceva pe bază de legume, este tot un cheeseburger și o să vă placă. Oh, nu ai nimic împotrivă să bei lapte de vacă, nu-i așa?".

"Nu, nu am nimic împotrivă."

"Bine scaun și Baby - hai să mergem la cel mai apropiat local de cheeseburger care servește și burgeri vegetarieni", a sugerat E-Z, în timp ce stomacul său mârâind își făcea cunoscut prezența.

"Mai departe!" a strigat Lachlan, în timp ce Baby căuta un loc potrivit pentru a ateriza.

CAPITOLUL 5
BRANDY

LIA ŞI UNICORNUL EI tovarăș de călătorie, Micul Dorrit, zburau printre nori.

Lia a apreciat mișcările grațioase, dar rapide ale tovarășei sale de zbor. Împreună au inventat un joc numit "Sari norii". În funcție de tipul de nor, ele săreau fie peste el, fie sub el, fie prin el. Să treci prin el era cel mai distractiv.

"Îmi place când suntem în interiorul norului", a spus Lia. "Mă întind să îl ating, dar nu este nimic acolo".

"Se pare că la mall-ul de mai jos este locul unde mergem", a spus Micuța Dorrit înainte de a efectua o triplă săritură, trecând peste, apoi sub, apoi prin același nor.

"Weeeeeeee!" a exclamat Lia.

"Mulțumesc, mulțumesc", a spus unicornul, în timp ce arăta cu degetul în jos.

"La cumpărături, nu-i așa?" a spus Lia, în timp ce se uita la ea. Era un mall mare, lung de aproape un bloc. "Sper că nu am nevoie de prea mulți bani, dar mama mi-a dat cartea ei de credit în caz că am nevoie de ea".

"Brandy stătea pe culoarul de la magazinul alimentar, umplând un cărucior ca să treacă timpul. Ar fi bine să ne grăbim sau mama ei o va căuta în curând", a spus unicornul.

"E foarte tare, poți să o localizezi așa. Abia aștept să o întâlnesc și să aflu mai multe despre puterile ei", a spus Lia, înfășurându-și brațele în jurul gâtului Micuței Dorrit pentru a se pregăti de aterizare. "Întotdeauna mi-am dorit să am o soră mai mare, așa că asta ar putea fi singura mea șansă".

"Fluieră când ai nevoie de mine", a spus Micuța Dorrit, în timp ce Lia a coborât, "și ne întâlnim chiar aici."

Lia a intrat în mall prin ușile batante. Imediat a văzut o fată care spera că era Brandy împingând un cărucior în magazinul alimentar. Pe baza descrierii lui Rosalie, trebuia să fie ea.

Fata era îmbrăcată lejer, cu un hanorac gri. Era parțial închisă cu fermoar, dar suficient de deschisă pentru a dezvălui un tricou roșu I Love Music care se afla pe dedesubt. Blugii ei negri aveau decalcomanii cu note muzicale pe buzunare. Pantofii ei de alergare din pânză erau citiți pentru a se potrivi cu tricoul.

Lia a privit-o pe fată câteva momente, înainte de a se îndrepta spre ea. Se simțea puțin intimidată. Ca și cum ar fi întâlnit o celebritate. În mintea ei, Brandy deborda stil și răcoare.

Pe măsură ce Lia se apropia, își imagina că într-o zi, în curând, vor fi cele mai bune prietene. Ar fi vizitat mall-ul împreună. Și-ar fi cumpărat haine împreună. Poate că Brandy ar ajuta-o chiar să aleagă niște haine noi, toate americane.

"La ce te holbezi, puștoaico?" Brandy a întrebat-o pe un ton care nu era prea prietenos sau de soră. Apoi, dintr-o lovitură completă, i-a îndepărtat mâinile Liei.

"Asta e foarte nepoliticos", a exclamat Lia. "Nu te-a învățat nimeni bunele maniere?". S-a întors cu spatele la fata cool. Și-a ținut respirația, a numărat până la zece, apoi s-a întors din nou cu fața la ea. "Lui Rosalie i-ar fi rușine cu tine."

"O cunoști pe Rosalie?"

"Da, eu sunt Lia și nu te pot vedea fără ochii mei, care sunt în mâinile mele." Lia și-a ridicat din nou brațele.

"Uau!" a exclamat Brandy. "Credeam că sunt ciudată, dar puștoaico, adică... Lia, tu ești cea mai tare." Și-a băgat mâinile în buzunare. "Dar orice prieten al lui Rosalie este prietenul meu".

"Uh, mulțumesc", a spus Lia. "Putem merge undeva să vorbim?"

"Nu pot să spun ce am avea noi două în comun - în afară de Rosalie", a spus adolescenta în timp ce împingea troleibuzul mai departe, lăsând-o pe Lia în urmă.

Lia s-a luptat cu un plâns, dar a reușit să scoată cuvintele: "Avem nevoie de ajutorul tău pentru că Rosalie este moartă."

Brandy s-a oprit și a respirat adânc, în timp ce o lacrimă i s-a scurs pe obraz, pe care s-a întors și a îndepărtat-o. "Urmează-mă, puștoaico." A abandonat căruciorul, inclusiv toate obiectele din el, și s-au îndreptat spre o cabină chiar în interiorul mall-ului și s-au așezat.

"Vreau un pahar cu apă", a spus Lia. "Fără gheață, vă rog".

"Haide puștoaico, trăiește periculos. Ea va lua un Root Beer Float - și să fie două." După ce chelnerița a plecat: "O să-ți placă, nu-ți face griji. Acum, spune-mi mai multe despre motivul pentru care te afli aici și spune-mi ce s-a întâmplat cu dulcea doamnă Rosalie."

"Mai întâi, ce ți-a spus Rosalie despre mine, despre noi?"

"Nimic. Știam cine este și știam că mă veghează. La început am crezut că este un înger, pentru că putea vorbi cu mine în mintea mea, ca atunci când mă rugam când eram copil. Apoi mi-am dat seama că era o persoană reală, la fel ca mine, iar acum este moartă. Aș vrea să vă ajut să îi prindeți pe cei care au ucis-o. Dacă de asta vă aflați aici, atunci mă bag și eu. Ciudat, cred că acum este un înger, care încă mă veghează."

"Și eu", a spus Lia. "Exact."

"Deci, cum s-a întâmplat?" a întrebat Brandy. "Dacă nu e un subiect insensibil să întreb despre asta. Întotdeauna mi se pare că este mai bine să vorbim despre ciudățeniile care ne fac să fim ceea ce suntem. Dacă am propriile mele ciudățenii, credeți-mă. Toată lumea are.

"Mama m-ar certa pentru că ți-am pus o întrebare atât de personală. Dar mie îmi place să trec la subiect. Întotdeauna ai avut ochi pe mâini? M-aș gândi că ai fi urmărit de jurnaliști și fotografi, oamenii vor să vorbească cu tine, să te audă și să-ți spună povestea pentru a vinde reviste și ziare."

"Oh", a spus Lia, "majoritatea oamenilor sunt mai interesați de personaje fictive celebre, cum ar fi Harry Potter, decât de oameni reali. Dacă Harry Potter ar fi fost real, oamenii l-ar fi evitat, sau l-ar fi tachinat. În lumea lui însă, el era eroul, așa că cicatricea lui a devenit o parte din povestea lui. L-a făcut mai uman pentru noi, așa că ne-am putut identifica cu el. Dar niciun copil nu vrea să iasă în evidență, pentru că în această lume diferențele nu sunt întotdeauna apreciate.

"Este amuzant asta, cum putem să ne identificăm și să avem empatie cu personaje fictive și să nu recunoaștem adevărații eroi din viața noastră de zi cu zi."

"O, frate", a spus Brandy, "ești un pic cam ciudat, nu-i așa? E ca și cum ai vorbi cu un puști de douăzeci de ani".

"Îmi pare rău", a spus Lia. "Am trecut de la șapte, la zece, la doisprezece, într-o perioadă scurtă de timp. Nu am avut timp să mă adaptez."

"Nu-i nimic," a spus Brandy. "Și aș fi de acord cu tine în principiu în această privință, puștoaico, dar, de când Realitatea Tv a intrat pe undele de emisie, ne interesează viața oamenilor obișnuiți. Adică, oameni obișnuiți, dar bogați, cum ar fi familia Kardashian. Eu nu mă uit la ei, dar milioane de oameni se uită".

Au sosit băuturile. Brandy a mâncat mai întâi cireașa de pe vârful ei, apoi a întrebat-o pe Lia dacă o vrea pe a ei. Când Lia a spus nu, Brandy a ridicat-o și i-a băgat-o direct în gură. "Ia o înghițitură. Dacă o încerci, cu siguranță o să-ți placă."

Lia a luat o înghițitură mare prin pai și fața i s-a luminat. "Este foarte bună!" Apoi a amestecat înghețata cu paiul în timp ce se gândea ce să spună în continuare.

"În ceea ce mă privește, m-am născut cu ochii care funcționau bine. Dar un accident m-a orbit, iar când m-am trezit, aveam acești ochi și aveam și ceea ce se numește vedere. Pot să văd ce gândesc oamenii, așa am început să vorbesc cu Rosalie. Timpul pentru mine nu este ca pentru toți ceilalți, dar nu am sărit niciun an de ceva vreme încoace. De asemenea, pe măsură ce timpul trece, uneori pot vedea ce se va întâmpla cu mine și cu ceilalți, știi tu, în viitor."

"Ai știut că Rosalie va muri înainte de a se întâmpla?"

"Nu, nu am știut. Vine și pleacă. Uneori nu funcționează deloc. Nu este sutã la sutã de încredere. Apropo, nu pot să-ți citesc gândurile; în caz că te întrebi."

"Bine. Să știu că îmi poți citi gândurile ar fi foarte înfiorător", a spus Brandy, luând o înghițitură uriașă care a lovit fundul recipientului și a scos un sunet de "asta e tot, oameni buni". "Mi-ar plăcea încă una, dar nu o voi face", a spus ea. "Cel mai bine este să avem moderație, pentru că dacă ne răsfățăm tot timpul cu lucruri - lucruri pe care credem că le vrem cu adevărat - atunci nu le vom mai aprecia la fel de mult."

"Foarte înțelept", a spus Lia. "Poți să iei și restul de la mine, dacă vrei".

"Ar fi păcat să o lăsăm să se iroseascã."

Cele două fete au tăcut o vreme până când telefonul lui Brandy a vibrat. "Mama va veni în curând să ni se alãture."

"De unde a știut unde suntem?"

"Bine, are metodele ei, adicã un dispozitiv de urmãrire pe telefonul meu."

"Și nu te deranjeazã?"

Nu. Am dispãrut de câteva ori, dar întotdeauna am reușit să mã întorc la mall. De cele mai multe ori, când plec, ea nu știe nimic. Până când o sun și o rog să vină să mă ia de aici. Ăsta e de obicei primul ei indiciu, mesajul sau telefonul meu. Totuși, aplicația o scutește de grija mea. Cred că nu este ușor să ai o fiică care poate muri și să revină la viață."

Mama lui Brandy a sosit și s-au făcut prezentările. Au pus-o la curent cu poveștile lui Rosalie și ale Liei și au pus-o la curent cu ceea ce discutaseră până atunci.

"Ce plănuiați voi două, fetelor?", a întrebat ea. "Arătați de parcă ați fi pus la cale ceva bun".

"Doar excesul de zahăr", a spus Brandy, zâmbind. "Lia tocmai voia să-mi spună pentru ce au nevoie de mine."

"Deci, mi-ai explicat despre situația ta, care se repetă?"

"Pe scurt. Nu ajunsesem încă la asta, mamă, abia acum mi-a povestit despre accident și de ce are ochii pe mâini."

Chelnerița a venit și mama lui Brandy a comandat o cafea. S-a întors imediat cu o cană, pe care a umplut-o. "Reîncărcarea este gratuită", a spus chelnerița. "Trebuie doar să ridicați cana când este goală, iar eu voi veni imediat să o umplu din nou."

"Mulțumesc", a spus mama lui Brandy.

"Mi-ar plăcea să aud despre asta", a spus Lia, trecându-și părul după ureche. Îi plăcea felul în care Brandy și mama ei se angajau una cu cealaltă. Erau îngrozitor de apropiate; se vedea după felul în care se tot atingeau. Apropierea lor a făcut-o să-și amintească de toate vremurile în care mama ei lucra noaptea și în weekenduri, iar ea trebuia să se bazeze pe Hannah, bona ei, pentru orice. Era diferit acum că se aflau aici și mama ei era căsătorită cu Sam, dar noii copii păreau să ocupe mult din timpul mamei ei.

Brandy a răbufnit: "Prima dată când am murit, eram mică. A fost chiar în acest mall. Într-un minut eram moartă, iar în următorul eram din nou vie. După cum ți-am mai spus, mereu ajung aici. Atât de mult iubesc acest mall."

"E amuzant", a spus Lia.

"Chiar îmi place să fac cumpărături!"

"Așa este!" a spus mama lui Brandy în timp ce fiica ei o chema înapoi pe chelneriță și cerea un pahar cu apă cu gheață.

"Să fie două pahare de apă", a spus Lia.

Pentru că era deja acolo, chelnerița a umplut din nou ceașca de cafea a mamei lui Brandy.

Lia a simțit că era acum sau niciodată - trebuia să treacă la subiect. Se făcuse târziu și Micuța Dorrit aștepta.

"E-Z, care este liderul nostru, este într-un scaun cu rotile și poate salva oameni, chiar și avioane pline de pasageri. Are super putere și viteză și atât el, cât și scaunul său cu rotile au aripi.

"Alfred este o lebădă trompetistă și are percepție extrasenzorială, plus că poate readuce la viață oameni și creaturi. Incluzându-te pe tine, mai sunt încă doi copii pe care îi vom adăuga la grup, plus vărul lui E-Z, Charles - așa că vom fi șapte în total."

"Ah, șapte norocoși", a spus mama lui Brandy.

Lia a continuat: "După ce ai auzit totul, dacă ești de acord să ne ajuți să luptăm cu The Furies, viața ta va fi în pericol. Ele sunt trei surori rele - zeițe - care au ucis-o pe Rosalie."

"Răutăcioase, nu-i așa? Uciderea lui Rosalie a fost un act de lașitate! Ea nu ar fi făcut rău nici unei muște!" a spus Brandy.

"Această informație este publică?" a întrebat mama lui Brandy. "Totul sună așa, fictiv."

"De ce au făcut-o?" a întrebat Brandy. "Ce primesc pentru că au ucis o bătrână dulce ca Rosalie?".

"Se folosesc de copii. Ucigând copii", a spus Lia.

Atât Brandy, cât și mama ei s-au oprit din băutură.

"Este greu de explicat, dar voi încerca să fac tot ce pot. Atunci când murim, sufletele noastre sunt sunt sunt destinate celor care ne așteaptă prinzătorii de suflete - locul nostru de odihnă veșnică. Fiecare dintre noi are propriul său Captator de Suflete unic - așa că nu putem muri niciodată. Sufletele noastre trăiesc mai departe. Nu este raiul pe care ni l-am imaginat, dar este real, iar Furiile ucid copii nevinovați - și îi pun în Captatoare de Suflete care aparțin altor oameni.

"De fapt, când Rosalie a murit, nu avea unde să se ducă sufletul ei. Din fericire, prietenii noștri Hadz și Reiki - ei sunt niște îngeri aspiranți - au reușit să captureze sufletul lui Rosalie. Îl țin în siguranță până când vom elimina The Furies și vom pune lucrurile din nou în ordine cu toți Captatorii de Suflete. Odată ce le vom elimina, arhanghelii vor prelua controlul și vor repara mizeria pe care au provocat-o. Totul va reveni din nou la normal."

"Credeam că arhanghelii sunt răi", a spus Brandy. "De unde știm că putem avea încredere în ei? Și de ce vrem să-i ajutăm?"

"Asta este o cerere foarte mare de la voi, copii", a spus mama lui Brandy.

"Este o poveste foarte lungă. Una pe care v-o putem spune, în timp. Dar, acum, trebuie să ne întoarcem la sediu. Asta e casa noastră. Odată ce vom fi cu toții sub același acoperiș, vom putea explica totul și vom putea pune la punct un plan."

"Mă bag și eu", a spus Brandy. "M-ai convins deja când ai spus că au ucis-o pe Rosalie, dar acum știu că au ucis și copii nevinovați, ei bine, lasă-mă pe mine la ei." Și-a ridicat paharul de apă și a închinat cu Lia.

"Stai", a spus mama lui Brandy, "dacă arhanghelii nu pot învinge chestia asta, atunci cum se pot aștepta ca voi, copiii, să..."

"Mamă", i-a bătut Brandy mâna. "Eu nu sunt ca ceilalți copii. Se pare că suntem o gașcă de inadaptați, cu abilități speciale și mă voi integra perfect. Nu e de mirare că arhanghelii ne-au cerut să îi ajutăm.

"Rosalie ne-a adus pe toți împreună, ca să putem forma o echipă. Dacă ar fi fost aici, ar fi fost cu noi în echipă. Acum este cu noi în spirit. Împreună vom fi o forță de luat în seamă.

"În plus, trebuie să ne asigurăm că Rosalie are înapoi locul ei de odihnă veșnică. Totul se întâmplă cu un motiv, nu ești tu cel care îmi spune asta?"

"Deci, ce se întâmplă în continuare?", a întrebat mama ei.

"Trebuie să fim împreună, iar casa lui E-Z este suficient de mare pentru noi toți. Ceilalți și Charles Dickens - poveste lungă - se vor întâlni cu noi acolo."

"Nu acel Charles Dickens?"

"Singurul și unicul, dar el are doar zece ani. A sosit și a fost descoperit de doi detectoriști în Londra, Anglia. A fost trimis înapoi pe Pământ cu un motiv anume. În afară de faptul că el și E-Z sunt verișori. Este unul dintre noi. Împreună le vom învinge pe aceste surori și vom îndrepta lumea din nou."

"Să mergem!" a spus Brandy. "Mama are rucsacul meu în mașină și are toate cele necesare. Întotdeauna am un rucsac pregătit pentru orice eventualitate. Mi-a fost de folos de câteva ori. Presupun că în casă există o mașină de spălat și un uscător? Oh, și un uscător de păr?"

"Da, da și da", a spus Lia, apoi a fluierat.

Brandy și mama ei și-au acoperit urechile. "Pentru ce a fost asta?"

"Haideți afară și o să vă fac cunoștință cu prietena mea, Micuța Dorrit - este un unicorn - și vă puteți lua geanta în același timp." Au ieșit pe ușă și ea a arătat spre cer, unde unicornul venea să aterizeze.

"Stai puțin", a spus Brandy, "Vom traversa țara pe un unicorn?".

Mama lui Brandy s-a încruntat. Se simțea leșinată și picioarele i se făceau ca niște spaghete prea fierte.

"Vino să o mângâi", a spus Lia. "Micuța Dorrit, ele sunt Brandy și mama ei."

"Blana ei este frumoasă și moale", a spus mama lui Brandy.

"Vrei să te duc până la mașină?". a întrebat-o pe Micuța Dorrit.

"Nu, mulțumesc", a spus mama lui Brandy. Apoi, către fiica ei: "Nu știu cum o să-i explic asta tatălui tău. Poate că ar trebui să veniți cu toții acasă cu mine și împreună îi vom explica și vom decide dacă puteți merge..."

"Trebuie să plec", a spus Brandy. "Este destinul meu." Și-a îmbrățișat mama.

"Te-ar ajuta dacă ai vorbi cu mama mea?" a întrebat Lia și, fără să aștepte un răspuns, a apelat-o rapid, i-a explicat situația și i-a dat telefonul mamei lui

Brandy, care a stat de vorbă cu Samantha, apoi i-a dat telefonul înapoi.

Următorul lucru pe care îl știau, cele trei zburau în jurul parcării, în căutarea mașinii, cu oamenii de jos claxonând, făcând poze cu telefoanele și ciocnindu-se unii de alții cu mașinile și troleibuzele.

"Uite-o", a spus mama lui Brandy.

Micuța Dorrit a aterizat și a alunecat. "Așteptați aici și voi lua geanta fiicei mele".

S-a întors și i-a aruncat-o lui Brandy. "Mulțumesc pentru drum", i-a spus micuței Dorrit. Lui Brandy i-a spus: "Brandy, sună acasă. Zilnic. Ca E.T." I-a suflat un sărut. Apoi către Lia, "Mi-a făcut plăcere să te cunosc."

"Și mie", a spus Lia, în timp ce Micuța Dorrit s-a ridicat de la sol. "Nu-ți face griji, o vom ține pe fiica ta în siguranță".

Mama lui Brandy le-a privit cum zburau, până când nu le-a mai putut vedea. Până atunci, curioșii din parcări găsiseră cu toții altceva la care să se uite, așa că s-a urcat în mașină și a pornit spre casă.

A luat-o pe drumul lung spre casă. Trebuia să se gândească cum avea să-i explice totul tatălui lui Brandy.

CAPITOLUL 6
HARUTO

ALFRED A AȘTEPTAT ÎN fața cafenelei până când patronul, care aștepta un nou client, a intrat în cafenea. Bunica lui Haruto a omis să menționeze că clientul era o lebădă trompetistă. Când proprietarul l-a văzut pe Alfred, l-a dus la o masă din spate.

Pe Alfred nu l-a deranjat să stea la o parte. De fapt, a preferat să fie așa, deoarece acolo era un semn care arăta că nu sunt permise animalele de companie - nu că lebedele ar fi fost considerate animale de companie în Japonia sau oriunde altundeva în lume, după cum știa el.

În timp ce stătea liniștit, așteptând să sosească tatăl lui Haruto, a folosit WI-FI-ul gratuit al cafenelei și a descoperit câteva lucruri foarte interesante despre culturile cafenelelor din Japonia. La fel ca în

Yokohama, existau cafenele pentru iubitorii de pisici și una în cinstea ariciilor.

Cincisprezece minute mai târziu, un bărbat a intrat în cafenea. Alfred și-a dat seama imediat că era tatăl lui Haruto, deoarece făcu un avans rapid spre masa lui.

"Naze watashitachiha daidokoro no chikaku ni iru nodesu ka?", l-a întrebat el pe proprietarul cafenelei (ceea ce în traducere înseamnă: "De ce ne aflăm lângă bucătărie?".

"Kare wa hakuchōdakara!" a spus proprietarul înainte de a se îndepărta de masă (ceea ce în traducere înseamnă: Pentru că este o lebădă!).

Când s-a întors câteva minute mai târziu cu o tavă plină cu Bubble Tea, proprietarul a spus: "Mōshiwakearimasen" (ceea ce în traducere înseamnă: Îmi pare rău.)

"Īnda yo", a spus tatăl lui Haruto cu un zâmbet (ceea ce în traducere înseamnă: Este în regulă.)

Ceaiul lui Alfred a fost servit într-un bol suficient de mare pentru ca acesta să-și poată băga ciocul în el. Ceaiul lui era cu gheață - un lucru bun, deoarece nu voia să-și ardă limba sau să aștepte mult timp ca acesta să se răcească.

"Domo arigato gozaimasu", a spus Alfred (ceea ce în traducere înseamnă: mulțumesc foarte mult).

"Iie", a răspuns tatăl lui Haruto (ceea ce în traducere înseamnă: nu mai spune nimic.)

Au stat liniștiți, privindu-se unul pe celălalt în timp ce își sorbeau ceaiurile pentru o vreme.

"Ce cauți aici?" a întrebat brusc tatăl lui Haruto. "Soția mea se teme că vreți să ne luați fiul și că nu puteți să-l aveți. Da, l-am găsit, dar noi suntem singurii părinți pe care i-a cunoscut vreodată."

"Uau!" a exclamat Alfred. "Nu se va întâmpla nimic dacă nu vrei tu. Apropo, engleza fiului dumneavoastră este excelentă", a spus Alfred. "La fel ca și a dumneavoastră".

"Lingușirea nu vă va ajuta cu nimic aici. Așa cum am mai spus, nu-l puteți avea pe fiul meu."

"Dacă Haruto ne-ar putea ajuta, pentru a salva lumea? Ai mai spune nu?"

"Haruto este doar un băiat. Tu ești o lebădă. Ce pot băieții și lebedele să facă și nu pot face bărbații? Nu-l poți avea." Și-a încrucișat brațele.

"Și dacă nu putem salva lumea, fără ajutorul lui? Și dacă vrea să ne ajute?"

"Haruto nu știe nimic despre viață. El nu te poate ajuta. Găsește pe fiul altcuiva, pe cineva mai în vârstă. Cineva care s-a născut pentru a salva lumea. Nu un băiat. Nu băiatul meu, Haruto. Nici azi, nici mâine, nici niciodată."

"Ce-ar fi dacă l-am lăsa pe el să decidă?" a spus Alfred. "După ce-i explic totul."

"Spune-mi totul acum. Și eu voi decide ce ar trebui să știe. Dar mai întâi, lasă-mă să te întreb - ce te face să crezi că un băiețel ca fiul meu te poate ajuta?"

"Credem că, la fel ca noi toți, el are daruri, daruri unice. El nu este ca ceilalți copii, nu-i așa? Când Rosalie a pomenit de el, era încă un copil. A îmbătrânit mai repede decât alți copii?"

Tatăl lui Haruto a clătinat din cap. "Când l-am găsit acum cinci ani, era un bebeluș. A crescut, așa cum crește orice copil."

"Oh, îmi pare rău. Rosalie nu a avut timp să își actualizeze sau să își completeze notițele. Totuși, nu vreți ca fiul dumneavoastră să fie alături de alți copii care sunt înzestrați ca el? Ar fi unul dintre noi, acceptat de noi. Iar noi i-am onora darurile și l-am proteja."

"Vrei să spui că nu-mi pot proteja propriul fiu?"

"Nu, domnule. Nu spun asta deloc. Spun că vă spun că avem nevoie de el și poate, doar poate, el are nevoie de noi. Un băiat care stă singur nu poate fi niciodată la fel de puternic ca un băiat care este membru al unei echipe."

"Poate că se simte singur. Poate, dar este tânăr și îi va trece." Tatăl lui Haruto a rămas tăcut înainte de a întreba: "Care este darul tău și cine este inamicul?".

"Am puteri de vindecare, pentru oameni și animale - mai ales pentru acestea din urmă. Pot să citesc gândurile. Lia poate vedea în viitor. E-Z salvează vieți. sunt capabil să vindec bolnavii și să citesc mințile. Avem chiar și un site de supereroi, pe care ți-l pot arăta dacă vrei să vezi totul cu ochii tăi, ca dovadă."

"Am văzut deja site-ul vostru", a spus tatăl lui Haruto. "Sunteți cunoscuți sub numele de Cei Trei. Nu sunteți voi trei suficient de puternici pentru a înfrunta orice dușmani pe care îi veți întâlni? Cum vă poate ajuta un băiețel ca Haruto? Abia își amintește să se spele pe dinți."

"Am înțeles asta. Și eu am avut un fiu când eram om."

"Ai fost om odată? Ce s-a întâmplat cu fiul tău?"

"Au murit, iar eu am fost transformat într-o lebădă. Este o poveste lungă și complicată. Principalul lucru este că, până de curând, nu știam că mai există și alți copii. A fost Rosalie. Era o doamnă uimitoare, cu abilitatea de a comunica cu copiii în mintea ei. A vorbit cu Lia, Haruto, Brandy și Lachie. I-a adus pe toți împreună și a plătit un preț mare pentru asta. Furiile au ucis-o când nu a vrut să le dezvăluie nicio informație despre copii. Fără Rosalie, nu am fi știut de existența celorlalți și nu am fi aici, dorind să vă protejăm fiul sau cerându-i ajutorul pentru a le învinge pe acele surori malefice.

"Am fost trimisă să vorbesc cu Haruto și să-i explic ce avem de înfruntat. Desigur, el poate refuza, tu poți refuza în locul lui - dar fără el s-ar putea să nu reușim să le învingem pe zeițele malefice cunoscute sub numele de The Furies."

Proprietarul a oferit mai mult ceai. Alfred a refuzat, însă mâinile tatălui lui Haruto au tremurat ușor când a ridicat ceaiul proaspăt reumplut și a sorbit.

"Haruto este cel mai mic copil?"

Alfred a dat din cap.

"Povestește-mi despre ceilalți doi noi recruți."

"Brandy moare și renaște. Lachie poate vorbi și poate fi înțeles de toate creaturile."

"Această Brandy renaște ca ea însăși de fiecare dată?" a întrebat tatăl lui Haruto.

"Așa am înțeles eu."

"Câți ani are ea?"

"Asta nu știu cu siguranță, dar cred că este o adolescentă. De ce contează asta?" a întrebat Alfred.

"Pentru că faptul că a renăscut în mod repetat, rămânând în stare umană, înseamnă că Brandy este blocată în stadiul de Învățare. Prin urmare, ea se va descurca bine cu alții care sunt mai avansați decât ea. Va învăța de la ei și, poate, asta o va ajuta să atingă următorul stadiu."

Alfred a înțeles, oarecum, dar nu a spus nimic.

"Fiul meu nu ar avansa viața lui Brandy, prin urmare nu-i voi permite să ia parte la această luptă. Îmi pare rău că v-am irosit timpul."

"Ei bine, am venit până aici - așa că, ce va strica dacă voi vorbi cu el, în prezența ta, a soției și a mamei tale. Dă-i posibilitatea de a alege. Lasă-l să decidă. Dacă nu este potrivit pentru el, dacă tu crezi că este prea tânăr sau nepregătit - vom înțelege - dar te rog măcar să vorbim cu el despre asta. Să vedem cât de mult poate înțelege. Lăsați-l să fie el cel care spune nu - atunci mă voi urca înapoi în avion și nu mă veți mai vedea niciodată."

"Ești o lebădă și zbori cu avionul?", a râs el, cu voce tare. Ceilalți patroni ai cafenelei i s-au alăturat, deși nu aveau nicio idee de ce râdea. Râdeau pentru că sunetul râsului tatălui lui Haruto era contagios.

"Spune-mi ce intenționează să facă echipa ta și de ce. Apoi voi decide eu. Dacă reușești să mă convingi pe mine, atunci poate te voi lăsa să încerci să-l convingi pe Haruto."

"Când murim, sufletele noastre părăsesc trupurile noastre și se duc la odihna lor veșnică în ceea ce se numește un Captator de suflete. Știu că acest lucru este diferit de ceea ce credem noi, dar este adevărat. Furiile au ucis copii - copii care se joacă pe calculator - și apoi le pun sufletele în Captatoare de suflete destinate altor suflete. Când ceilalți mor, sufletele lor nu au unde să se ducă."

Tatăl lui Haruto a rămas tăcut câteva clipe.

"Dacă vrea, fiul meu, Haruto va ajuta. Îți va spune care este talentul lui. Îți va spune ce vrea să știi și el va decide."

"Mulțumesc", a spus Alfred.

S-au ridicat, au părăsit cafeneaua și s-au îndreptat spre casa lui Haruto. Când au ajuns, cina a fost servită imediat și toată lumea a fost pusă la curent cu privire la misiune.

"Ce se întâmplă cu celelalte suflete? Dacă nu au unde să se ducă?" a întrebat Haruto, lăsându-și jos bețișoarele și luând o înghițitură de apă.

"Asta nu știm cu siguranță", a răspuns Alfred. S-a uitat la tatăl lui Haruto, care a dat din cap. "Dar Rosalie. Ți-o amintești pe Rosalie?".

"Da, am cunoscut-o și știu că a murit", a spus Haruto. S-a așezat foarte drept: "Vrei să spui că sufletul ei nu are casă? Cum aș putea să o ajut să ajungă acasă?".

"Mă bucur că vrei să o ajuți, Haruto", a spus Alfred. "Sufletul lui Rosalie este ținut în siguranță de doi aspiranți îngeri care ne-au ajutat pe noi și pe E-Z, în trecut. Așa că, deocamdată e bine pentru ea.

"Înainte de a-ți explica mai multe, sunt curios care sunt puterile tale speciale pe care le posezi?"

Haruto s-a ridicat, s-a uitat la tatăl său, care a dat din cap, apoi a spus. "Mă mișc foarte repede". Și a început să se învârtă, din ce în ce mai repede și mai repede și mai repede, până când a dispărut.

"Whoa!" a spus Alfred. "Ești ca o versiune care dispare a Diavolului Tasmanian!"

"Nu ne plictisim niciodată să-l vedem în acțiune", a spus mama lui. Fusese vizibil tăcută până la acel comentariu. "Întoarce-te acum, copile", a spus ea. "Vino înapoi."

A sosit în același mod în care dispăruse, doar că de data asta nu l-au putut vedea învârtindu-se până când a reapărut. "Iar mi-e foame!" a exclamat Haruto. Și s-a așezat, și-a umplut din nou farfuria și a mâncat cu poftă.

"Întotdeauna ți se face foame?". a întrebat Alfred.

"Întotdeauna", a spus Sobo, oferindu-i nepotului său mai multă mâncare. Acesta a dat din cap, prea ocupat să mănânce pentru a răspunde.

După ce Haruto a mâncat pe săturate, Alfred i-a explicat cum E-Z's urma să servească drept cartier general al echipei, sau bază. A tras de timp, căutând cuvintele potrivite pentru a le spune despre pericolul în care se vor afla cu toții.

"Permiteți-mi să vă spun, înainte de a fi de acord - că Furiile sunt creaturi malefice, oribile, care pedepsesc copiii chiar dacă nu au făcut nimic rău. Au luat viețile copiilor, pentru gânduri rele, nu pentru fapte rele și au deturnat prinzătorii de suflete de la alții. Trebuie să le oprim și să îndreptăm lucrurile din nou. Și sunt zeițe extrem de periculoase și puternice."

Tatăl lui Haruto a spus: "Îți interzic să pleci!".

"Dar tată, m-ai învățat că acțiunile mele din această viață, se vor duce mai departe în următoarea. Prin urmare, trebuie să spun da." S-a uitat la Alfred și a spus: "Contează pe mine!"

"Haruto, ca mamă și tată al tău, ne dorim să reușești - dar vrem să fii lângă noi, nu tocmai în cealaltă parte a lumii, alături de străini."

Haruto s-a ridicat de pe scaun și și-a aruncat brațele în jurul gâtului bunicii sale. Cei doi au șoptit unul după altul în japoneză, astfel încât Alfred nu a putut înțelege.

"Sobo spune că mă va însoți, dar se teme că i se apropie vremea. Dacă moare și nu este în Japonia, cum își va găsi sufletul ei drumul spre casă?".

"Avem câțiva arhangheli și arhangheli ajutători care lucrează cu noi. Ei țin sufletul lui Rosalie în siguranță și, dacă bunicii tale i s-ar întâmpla ceva, sunt sigur că i-ar proteja și sufletul ei. Până când prinzătorii lor de suflete vor fi pregătiți."

"Sunt atât de mândru de tine", a spus Sobo, "și va fi plăcerea mea să te însoțesc în zbor. Mă bucur să îi cunosc pe restul copiilor supereroi. Acest Sobo va avea mai mulți nepoți." L-a îmbrățișat pe Haruto.

Mama și tatăl lui Haruto i s-au alăturat. A fost o îmbrățișare de familie. Lacrimile se scurgeau pe fața lui Alfred. O lebădă plângând este cel mai trist lucru de pe pământ.

Când s-au despărțit, vasele au fost adunate și puse la spălat. Toată lumea a fost servită cu ceai, cu excepția lui Haruto.

"O să-mi pregătesc geanta", a spus el. "Noapte bună."

"O să ne rezerv zborurile și o să vă anunț detaliile", a spus Alfred.

S-a întors la hotel și și-a rezervat zborul. Apoi i-a trimis toate detaliile lui Charles Dickens. Spera ca Charles să se întâlnească cu ei la aeroportul Heathrow și să zboare cu toții împreună spre casa lui E-Z.

După o zi obositoare, Alfred a sărit în patul său Queen Size. A mototolit pernele și s-a uitat la televizor până când, în cele din urmă, a adormit.

CAPITOLUL 7
EN ROUTE

Cu toți copiii în drum spre casa lui E-Z, în aer se simțea un sentiment de energie numit speranță. Această energie părea să se răspândească de la o parte la alta a lumii. Atât de mult, încât a ajuns la The Furies.

Cele trei zeițe malefice dansau în jurul focului pe care îl creaseră într-un cazan din oasele celor morți. S-a ridicat o minge de flăcări cu mai multe capete. Chiar sub ochii lor, s-a împărțit în trei mingi de foc.

Zeițele au umplut bilele de foc cu energie sporită, până când părea că sferele furioase vor exploda. Apoi le-au trimis pe drumul lor, să găsească și să zdrobească speranța care trăia în inimile dușmanilor lor.

Prima minge de foc a plecat, spre cea mai îndepărtată destinație aliniată pentru a-i întâlni și distruge pe E-Z, Lachie și Baby. Obiectul de foc s-a dezintegrat pe parcurs, rupându-se din cauza vitezei, până când a ajuns de mărimea unei mingi de bowling. S-a îndreptat spre trio-ul neașteptat împotriva căruia înainta.

Senzorii scaunului cu rotile al lui E-Z au fost cei care l-au alertat de pericolul care se apropia, datorită îmbunătățirii aduse de Hadz și Reiki. GPS-ul a detectat un obiect neînsuflețit care se deplasa rapid, îndreptându-se direct spre ei.

"Ceva vine direct spre noi!" a strigat E-Z. "Să aterizăm și să ne dăm la o parte din calea lui".

"În regulă", a spus Lachie, în timp ce trioul a aterizat.

Dar bila de flăcări i-a urmărit, de parcă ar fi avut un urmăritor propriu. Oricât de jos ar fi coborât, se ținea neobosită după ei.

S-au oprit, plutind, grupați împreună - nesiguri dacă să aterizeze acum sau dacă să încerce să o păcălească într-un alt mod. Dacă aterizau și chestia îi urmărea, ar fi putut ucide sau răni pe alții. Nu voiau să pună pe nimeni altcineva în pericol pentru că era pe urmele lor.

"Ce vom face?" a întrebat Lachie.

"Tu și Baby vă adăpostiți, lasă-mă pe mine și scaunul meu să ne ocupăm de asta".

"Nu vă lăsăm!" a exclamat Lachie și Baby a dat din cap.

"Bine, atunci treci în spatele meu", a spus E-Z. Știa că el și scaunul său cu rotile erau antiglonț, dar erau oare antiglonț? Avea să afle, în 5, 4, 3, 2, 1.

Bebelușul și-a întins gâtul, a scos un răget cu gura deschisă cât se poate de larg - și mingea de foc a intrat direct în el. Dragonului i s-au umflat ochii și buzele i-au tremurat în timp ce își stăpânea fiara de foc dinăuntru. Apoi a plecat, cu Lachie ținându-se de gâtul lui pentru a se salva, zburând departe, căutând un loc unde să se elibereze de lucrul care îl ardea pe dinăuntru.

În cele din urmă, au găsit locul în care să-l arunce în siguranță în mare. Baby a deschis gura și a zburat. Încă în flăcări, chestia a derapat pe deasupra apei, de parcă era hotărâtă să rămână în viață, dar în cele din urmă a cedat și s-a stins, scufundându-se în ocean.

"Da!" a strigat E-Z. "Bravo, Baby!"

Baby și Lachie s-au întors lângă E-Z. "Ce s-a întâmplat?".

"Baby a fost uimitor! A aruncat mingea de foc în mare. Acum nu mai e nimic altceva decât o altă piatră."

"Mulțumesc, Baby", a spus E-Z. "A fost un pic prea aproape pentru confort."

"De acord. Și Baby merită o tratație. Ceva rece pentru gâtul lui."

"Orice vrea Baby", a spus E-Z. "Hai să coborâm și să luăm o pauză înainte de a continua."

Lachie l-a îmbrățișat pe Baby de gât și au coborât pentru a se scutura de prima și sperau că ultima lor întâlnire cu o minge de foc nebună.

"Crezi că a fost The Furies?" a întrebat Lachie.

"Nu cred că știu despre noi. Adică, știu că existăm, dar nu și detalii."

"Chestia aia s-a îndreptat spre noi. A încercat să ne ucidă. Cine altcineva ne-ar fi vrut morți?"

"Ai dreptate, a venit direct la noi. Probabil că a fost doar o coincidență. Sper."

"Nu ar trebui să-i avertizăm pe ceilalți?"

E-Z s-a uitat la telefonul său. Avea zero bare. "Echipa mea se poate descurca singură și nu vreau să-i sperii. Să sperăm, din moment ce este o întâmplare unică."

$$* * *$$

FURIILE AU TRIMIS UN al doilea disc în flăcări în direcția Yokohama. Avionul lui Alfred și Haruto era deja pe pistă, pregătindu-se să decoleze.

Mingea de foc a zburat spre ei, dar a ales o rută nefericită - trecând pe lângă robotul de 59 de picioare care a întins brațul, l-a prins, apoi l-a zdrobit. Cenușa a ars pe platforma de dedesubt.

La aeroport, avionul lui Alfred și Haruto a decolat în siguranță, iar cei doi nu au știut niciodată că au fost ținta lor.

✳✳✳

A TREIA ȘI ULTIMA minge în flăcări a ieșit în direcția Phoenix, Arizona. A zburat în jurul său, căutându-și ținta timp de ore întregi, dar nu a reușit să o găsească.

Micuța Dorrit era un unicorn excepțional, având la dispoziție un scut anti-detecție, care era mereu pregătit. Protecția pasagerilor săi era, până la urmă, rolul principal al Micii Dorrit.

După ce a zburat fără rost, bila de flăcări, în loc să se despartă cu viteză, a crescut în mărime, până când a ajuns la dimensiunea unei comete. Apoi s-a întors acasă la proprietarii săi de drept - Furiile.

Obiectul în flăcări, care nu deosebea un prieten de un dușman, le-a urmărit ore întregi pe Furiile țipătoare prin Valea Morții. Au fugit pentru a-și salva viața până când Tisi a făcut o vrajă.

La început, mingea s-a oprit în aer, iar cele trei zeițe au privit-o cu satisfacție cum a căzut în cazan și a fost acoperită cu tocană de ciuperci.

Alli a zburat spre ea, strângând capacul în jos.

Apoi, Furiile și-au aruncat capetele pe spate și au huiduit-o, în timp ce dansau, cântau și râdeau.

Până când, în interiorul cazanului s-a auzit un sunet de pocnitură. Ca niște boabe de popcorn, care se încălzeau. Zgomotele au devenit din ce în ce mai puternice, pe măsură ce capacul cazanului a fost dărâmat din interior și, în cele din urmă, s-a ridicat suficient de mult pentru ca bilele de foc nou-născute să poată scăpa.

Micile mingi de foc, neavând unde să se ducă - s-au îndreptat spre Furiile, urmărindu-le, în timp ce una câte una se stingeau.

Cântărețe, epuizate și enervate, cele trei zeițe l-au chemat pe Eriel să vină să le ajute, dar cu această ocazie el nu a răspuns.

*** ***

ÎN TIMP CE ZBURA pe cer de unul singur, în timp ce Lachie și Baby se deplasau mai încet din cauza efectelor secundare ale lui Baby după ce înghițise mingea de foc, E-Z și-a evaluat echipa. De câteva ori pe coadă a primit mesaje care îi confirmau că și ei se gândeau la el.

Lia a trimis un mesaj, care confirma puterile lui Brandy, iar Alfred făcuse același lucru cu privire la abilitățile lui Haruto.

E-Z nu le răspunsese reciproc, spunându-le puterile lui Lachie. În schimb, a vrut să treacă în revistă lucrurile pentru a vedea cum se vor descurca el și abilitățile echipei sale de șapte (inclusiv Charles) împotriva celor trei zeițe puternice, dar malefice.

Făcând un inventar în minte, și-a amintit atuurile echipei sale:

Eu pot zbura, la fel și scaunul meu. Suntem antiglonț și eu sunt super puternic. Sunt un bun lider, sunt inteligent și am o puternică empatie.

Lia este incitantă, empatică, amabilă, inteligentă și poate citi gândurile și în viitor.

Alfred este puternic la minte, inteligent și, fiind cel mai în vârstă membru, înțelept cu vârsta. El este empatic, poate citi uneori gândurile și poate vindeca bolnavii.

Lachie comunică cu creaturile. Este un singuratic, dar asta nu este vina lui. Este empatic și inteligent. Știe cum să supraviețuiască împotriva tuturor șanselor și abilitatea sa de camuflare îi va fi de folos.

Haruto este cel mai tânăr, dar este un supraviețuitor. El este capabil să se facă invizibil.

Brandy a murit - de mai multe ori - și a revenit la viață. Este cu siguranță o supraviețuitoare.

Ultimul, dar nu cel din urmă, este Charles Dickens. Abilitățile sale sunt necunoscute. Dar este inteligent, empatic și este capabil să se adapteze.

Folosindu-se de telefon, atunci când a avut destule batoane, a căutat online documente istorice pentru a afla ce abilități ar putea aduce The Furies:

Forță supraomenească.

Rezistență, inclusiv toleranță ridicată la durere.

Vitalitate.

Agilitate asemănătoare păianjenului.

Rezistență la rănire și puteri de vindecare ultrarapide.

Zbor.

Schimbarea formei - în forma unei alte persoane.

Invizibilitate.

Puteau să provoace durere victimelor lor.

Meg putea secreta paraziți. YUCK.

Stai puțin, scrie că Furiile au reprezentat justiția în istorie. Spune că în trecut, ele îi răneau doar pe cei răi și vinovați... că cei buni și nevinovați nu aveau de ce să se teamă. Deci, ce s-a schimbat? De ce au simțit nevoia să ucidă copii nevinovați folosind jocul ca să o facă?

A continuat să citească, întrebându-se cum anume îi omorau pe copii. Conform legendei, Furiile nu au rănit niciodată fizic pe niciunul dintre făptuitori. În schimb, se foloseau de vinovăție - pentru a-i înnebuni.

S-a gândit la băiatul care încercase să-l împuște. Îl convinseseră că dacă nu făcea ceea ce spuneau ele, îi vor face rău familiei sale. S-a întrebat unde era acum acel copil. Era într-unul din "Prinzătorii de suflete"?

A continuat să caute, ca să afle dacă The Furies erau capabile de milă și nu a găsit nicio dovadă în acest sens.

A adăugat pe listă ceva ce știa deja - The Furies erau muritoare. Acesta era un lucru pe care el și zeițele malefice îl aveau în comun, iar el și echipa sa trebuiau să găsească o modalitate de a folosi acest lucru în avantajul lor.

Lachie și Baby au ajuns din urmă cu E-Z.

"Ce mai face Baby?", a întrebat el.

"Se simte mai bine acum", a răspuns Lachie.

Baby și-a dat capul pe spate, a scos un răget și a accelerat înainte.

"Așteaptă-mă!" a strigat E-Z.

CAPITOLUL 8
THE FURIES

Cu sentimentul murdar al speranței încă împuținând aerul, The Furies au așteptat. Își reparaseră hainele pârlite și își tunseseră părul ars. Din fericire, șerpii rămăseseră nevătămați. Ca să se facă prezentabile pentru sosirea iminentului lor oaspete.

El era binefăcătorul lor. Cel care îi adusese înapoi pe pământ. Sugerându-le să-și stabilească baza în inima nedetectabilă a Văii Morții.

Înainte de eșecul mingii de foc, au văzut semne. Semne că totul se întorcea împotriva lor acum. Schimbarea era bună, dar numai dacă aveau controlul asupra ei. Timpul lor se apropia. Trebuiau să fie pregătiți să acționeze. Lucrurile se întorceau în avantajul lor. Tot ce trebuiau să facă era să aștepte. Apoi să fie gata să atace.

"Eriel", a șuierat Meg.

Arhanghelul, conducătorul lor iubit sosise în sfârșit.

"Care sunt noutățile?" a întrebat Tisi. "Suntem dezgustați de toată această speranță din aer."

"Da, chestia asta cu speranța ne deprimă" Tisi și Allie au cântat în timp ce dansau în jurul focului aprins.

El le-a privit, dansând goale ca niște banshee. Făcând să pocnească biciurile, în timp ce șerpii pe care îi aveau drept brațe și păr alunecau și scuipau la întâmplare.

Eriel a coborât peste ele ca un nor negru, a aterizat, apoi și-a închis aripile. Statura lui uriașă le făcea pe Furiile să pară niște păpuși. Stătea în picioare cu mâinile în șolduri, apoi a coborât pe un genunchi pentru a ajunge la același nivel cu ele. Era modul lui de a se coborî la nivelul lor, rămânând în același timp deasupra lor. Voia ca ei să știe că lucrează pentru el și nu invers. Se săturase să le tot întărească acest lucru surorilor și, totuși, se temea că era singura modalitate de a le ține în frâu.

"Nu există nicio speranță - nu acum că lucrăm împreună", a spus Eriel. "Și nu râdeți. Ei bine, cred că poți să râzi. Este ceea ce am făcut și eu când am auzit prima dată că trimit o echipă de copii să vă ucidă."

Furiile erau isterice. Vocile lor au răsunat în jurul Văii Morții și au speriat toate păsările.

"Idioții ăștia!" a spus Meg.

"Îi vom mânca pe acei copii, la micul dejun, la prânz și la cină", a spus Tisi, lingându-și buzele.

"Noi nu mâncăm copii", a spus Alli. "Dar tu ești amuzantă, soră. Tot ce vrem sunt sufletele lor. Și nu-mi amintesc DE CE le vrem. Explică-mi din nou, dragă soră."

Meg a spus: "Facem ceea ce ne cere Eriel. El vrea Captatorii de Suflete și noi îi facem rost de ei. Odată ce îi vom îndeplini cererile, vom fi Fiicele lui Nyx - Cele Bune - din nou și vom conduce noaptea și vom face tot ce ne place."

"Atunci, dacă vreau să gust unul dintre copii - voi putea, nu-i așa?" a întrebat Tisi. "Întotdeauna m-am întrebat ce gust ar avea." Și-a dat ochii peste cap și a mirosit aerul. Șarpele de pe capul ei s-a năpustit spre el.

Eriel a luat-o în derâdere. "Aceștia nu sunt copii obișnuiți, ca cei pe care îi urmărești în joc. Aceștia sunt copii înzestrați, cu puteri și abilități. Totuși, te voi ține la curent și vei avea nevoie de ajutorul meu."

"Ajutorul tău? Pentru a învinge copii, simpli bebeluși?!" trio-ul a râs, și au zburat ridicându-se de la sol cu ajutorul aripilor lor puternice de liliac. "Îi vom învinge înainte ca ei să lovească". Șerpii au șuierat și au scuipat în semn de acord.

"Așa cum am făcut în camera albă. Așa cum am făcut cu prietena lor Rosalie. Ea nu a vrut să ne spună cine a fost trimis pentru noi. Noi am vrut să știm și ne-am săturat să așteptăm să ne spui tu. Așa că am eliminat-o", a spus Meg.

"Da, și aproape că ați dat jocul de gol! De asemenea, e păcat că nu i-ai luat sufletul și nu l-ai pus într-un Prinzător de Suflete", a spus Eriel. "Acum sunt lucruri nerezolvate. Capetele libere pot deveni piste pentru cei care le caută."

S-au uitat pe cer și au văzut o dungă de culori ca un curcubeu care se întindea de la o parte la alta. Numai că nu era un curcubeu, ci energie. Energia celor pe care arhanghelii îi recrutaseră pentru a face ceea ce ei înșiși erau incapabili să facă.

"Știm că vin - și nu vor avea nicio șansă împotriva noastră!" a strigat Tisi.

Ei bine, au reușit să învingă acele mingi de foc infantile pe care le-ați trimis!" a exclamat Eriel. "O încercare atât de slabă și de amatoristă cum a fost! M-a făcut să-mi fie rușine să lucrez cu voi! Bine că nimeni nu știe de legătura noastră!".

Cu pumnii și dinții încleștați, Furiile nu au avansat până când Alli nu a spart gheața.

"Surorilor, părerea lui despre noi nu contează. Noi am făcut tot ce am putut. A meritat o încercare. În plus, avem deja o mulțime de suflete la dispoziție." Ea a amestecat oala, sorbind puțină supă pe un polonic, apoi a scuipat-o. "Prea multă sare", a spus ea. A adăugat apă, apoi ciuperci sălbatice și câțiva cartofi mici. "Și strângem în fiecare zi mai multe suflete de copii. M-am săturat să aștept aici ca supereroii copii să vină la noi. Ca ei să se organizeze. Când vor fi toți împreună, de ce nu-i omorâm pur și simplu?".

"Soră, trebuie să ai răbdare".

"M-am săturat să am răbdare. M-am săturat de... sunt pur și simplu obosită", a spus Alli. A amestecat și, după ce a aruncat câteva ierburi sălbatice și mirodenii, a gustat supa, și era bună. "Cina este gata", a spus ea.

"Veți avea răbdare și nu veți acționa - decât dacă vă spun eu să acționați. Acesta este jocul meu și v-am invitat să jucați. Fără mine, sunteți doar trei zeițe inutile, care își dorm restul vieții." A lovit nisipul cu bocancul. "Și este un adevărat păcat că trebuie să consumați hrană umană. O adevărată retrogradare - din moment ce acum aveți nevoie de hrană pentru a supraviețui. Când voi stăpâni Pământul și toți Prinzătorii de Suflete vor locui aici, voi apăsa PAUZĂ PE PĂMÂNT. Voi stăpâni pământul și, dacă veți juca bine jocul. Dacă veți face ceea ce vă cer, atunci veți fi alături de mine. Împărtășind câștigurile. Dacă te vei împotrivi mie, atunci te vei întoarce în țărână."

După ce a rostit cuvântul "țărână", și-a deschis brațele și aripile, s-a ridicat de la pământ și a dispărut.

Furiile au cântat împreună în timp ce își sorbeau supa. Șerpii, care erau cei mai flămânzi, au lins-o. Deși curățau oala, tot mai voiau.

"Acum că a plecat", a spus Meg, "hai să vorbim despre propriul nostru joc final".

Tisi și Alli au chicotit.

"Eriel crede că ne va readuce la starea noastră de Zeiță, dar nu-l vom lăsa pe arhanghelul acela să pună stăpânire pe pământ. Cine poate spune că nu ne va lăsa în praf când noi vom face toată treaba? Arhanghelii nu-și țin întotdeauna promisiunile. Nici noi nu trebuie să ni le ținem pe ale noastre, nu-i așa, surori?"

"Cine se crede Alesul?" a întrebat Alli.

Meg a râs. "El nu este ales de nimic și de nimeni - dar tot avem nevoie de el."

"Da", a spus Tisi. "Importanța lui de sine este defectul lui". Și-a coborât vocea până la o șoaptă: "De fiecare dată când vorbește, se slăbește singur. De fiecare dată când îi trădează pe ceilalți arhangheli, își mai dă puțin din puterea sa."

Încă o dată, surorile au izbucnit în cântec:

"Sângele copiilor recrutați va fi supa de mâine.

După ce vom cina, ne vom distra cu un hula-hoop".

Meg a preluat cântecul,

"Bebeluși, copii răi și mici și vinovați ca un gunoi.

Vom zice că le vom tăia capetele dacă vom avea tot norocul!".

a cântat Alli,

"Fiicele Întunericului vs copii care nu au habar.

Cerul va ploua cu sânge înainte să terminăm!"

Au chicotit și au șuierat pocnind din biciuri și dansând în timp ce luna se ridica tot mai sus pe cer. Epuizați, au căzut la pământ și au dormit în țărână. Șerpii preferau această poziție - și dormeau și ei - în loc să șuiere și să se miște toată noaptea.

"Noapte bună, surorilor", au spus în ronduri, la fel cum îi vedeau pe oameni făcând în serialul The Walton's la televizor prin antena lor de satelit. Era una dintre emisiunile lor preferate. "Iar dimineață, vom revizui planul."

CAPITOLUL 9
PAFHS9

A FOST O COMPETIȚIE pentru Sam și Samantha, care așteptau să vadă care grup de copii se va întoarce primul. Câștigătorul s-ar fi trezit cu gemenii în fiecare noapte timp de o lună întreagă, așa că miza era mare.

Sam i-a ales pe E-Z, Lia, apoi pe Alfred. Samantha l-a ales pe Alfred, E-Z, apoi Lia.

"Dar E-Z este în Australia", a reproșat Samantha. "O să pierzi cu siguranță. O să mă gândesc la tine - NU - când o să dorm toată noaptea timp de o lună."

"L-ai ales pe Alfred și el zboară cu avionul! Știi că întotdeauna fac suprarezervări și rareori își respectă programul. În timp ce E-Z poate veni și pleca după bunul plac, iar scaunul lui cu rotile se deplasează uimitor de repede! O să câștig și sunt atât de sigur, încât o să îndulcesc pariul și o să fie șase luni. Sunteți pregătiți să măriți pariul?"

Samantha a luat în considerare această nouă ofertă. Pariuri ca acesta puteau dăuna unei căsnicii, iar ei erau deja lipsiți de somn, amândoi trezindu-se în fiecare noapte pentru a se ocupa de gemeni. L-a îmbrățișat: "Hai să o facem simplu. O lună."

"Puiule", a spus Sam, înfășurându-și brațele în jurul soției sale. A sărutat-o pe frunte în timp ce Jill a scos un geamăt la care s-a alăturat curând și Jack. "Mä duc eu", a spus el.

"Să mergem împreună", a spus Samantha, luând mâna soțului ei în mâna ei și au plecat pe hol.

Micuța Dorrit se întorcea în zbor, cu viteză maximă.

"Nu putem să mergem jos să bem ceva?" a întrebat Brandy.

"Pur și simplu nu", a spus Micuța Dorrit.

"Haide", a spus Lia, "Nu durează decât câteva minute".

"Nu vreau să te sperii", a spus Micuța Dorrit, "dar am o presimțire rea și vreau să ieșim cât mai repede de sub cerul liber".

"Bine", au fost de acord cele două fete.

Aproape de casă acum, Lia i-a trimis un mesaj lui Samantha, spunându-i că vor fi acasă în câteva minute.

"Ah, ne-am înșelat amândouă!", a spus ea.

"Dar una dintre noi tot va trebui să se trezească în fiecare noapte cu gemenii", a spus Sam.

"Vom face cu rândul", a spus Samantha, în timp ce ea și Sam, acum că gemenii se instalaseră din nou la somn, au ieșit în grădină. În curând a putut să-l vadă pe Micul Dorrit, care venea să aterizeze.

Lia și Brandy au sărit de pe el.

"A fost foarte tare", a spus Brandy. "Mulțumesc, Micuțule Dorrit." Ea a îmbrățișat unicornul care i-a răspuns: "Cu plăcere".

"Da, mulțumesc că ai avut grijă de noi", a spus Lia.

"Având grijă de voi, au fost probleme?" a întrebat Sam.

"Nimic care să nu mă pot descurca", a spus Micuța Dorrit. "Acum, dacă nu aveți nevoie de mine pentru o vreme, aș vrea să iau niște apă și o gustare."

"Du-te", a spus Sam, "și îți mulțumesc că ai grijă de fetele noastre".

Micuța Dorrit i-a făcut cu ochiul lui Sam, apoi a luat-o la fugă și în curând a dispărut din vedere.

După prezentările cu Sam și Samantha, Brandy a sunat acasă pentru a o anunța pe mama ei că au ajuns cu bine.

Câteva ore mai târziu, au sosit Alfred, Charles, Haruto și bunica lui. La fel ca înainte, s-au făcut prezentările, la care s-au adăugat Brandy și Lia.

"Tu nu poți fi THE Charles Dickens", a spus Brandy, cu sprâncenele ridicate. "Iar tu ești doar un copil, abia ieșit din scutece", i-a spus ea lui Haruto, care, ca răspuns, s-a făcut invizibil.

"Oops!" a exclamat Brandy. "Iar tu, tu ești o lebădă mare cu pene! Cum ai de gând să ne ajuți să le învingem pe Furii!".

"În primul rând", a început Alfred, "ești mult mai nepoliticos decât ar trebui să fii. Chiar și o lebădă nesofisticată ca mine are maniere."

"Anata wa gakidesu!" a spus bunica lui Haruto, ceea ce în traducere înseamnă "Ești un puști!".

Un chicotit s-a auzit din partea invizibilului Haruto.

Lia a intervenit și și-a cerut scuze: "O să o pun eu la curent. Ea este de treabă. Lasă-i puțin timp să se acomodeze", a spus ea. "Nu am știut până acum, când am văzut cu ochii mei ce poate face Haruto." Băiatului i-a spus: "Întoarce-te, Haruto, te rog. Nu a vrut să-ți rănească sentimentele".

"Îmi pare rău", a spus Brandy cu ochii ațintiți spre podea.

Haruto s-a întors, dispărând și dispărând. Stătea cu brațul în jurul taliei bunicii sale. Alfred și Charles s-au apropiat de ei.

"Tocmai am coborât din avion și suntem obosiți - așa că, mergem să ne împrospătăm. Când ne întoarcem, mă aștept să îi pui o lesă sau o bucată de bandă adezivă pe gură. Sau să o înveți niște maniere", a spus el, apoi a plecat pe hol cu ceilalți doi în remorcă.

"Uau!" a spus Brandy. "Pur și simplu WOW! Am spus că îmi pare rău".

"Nu, a avut dreptate", a spus Lia.

Samantha a spus: "Ești în casa noastră acum și nu te vom lăsa să fii nepoliticoasă cu nimeni."

Sam și-a încrucișat brațele peste piept, chiar în momentul în care gemenii au început să se tânguiască din nou.

"Probabil că le este foame. Nu-ți face griji, mă descurc", a spus Samantha, dar înainte de a pleca, s-a uitat la Brandy.

"Brandy, ești într-un loc ciudat, unde nu cunoști încă pe nimeni în afară de Lia și Micuța Dorrit", a spus Sam. "Dacă vrei să faci parte din această echipă, să le învingi pe Furii - atunci trebuie să lucrezi împreună. Să-ți insulți coechipierii nu este un mod eficient de a începe. V-aș sugera să vă cereți din nou scuze ca și cum ați fi serioși când se vor întoarce și să cereți să o luați de la capăt."

Ochii lui Brandy erau plini de lacrimi: "Am fost doar surprinsă, să văd ceilalți membri ai echipei cu care voi lucra. Dar ai dreptate, îmi voi cere scuze din nou și voi cere o nouă șansă. Sper că mă vor ierta. Mama spune mereu că sunt prea deschisă pentru binele meu."

Lia a zâmbit. "O să-l iubești pe Alfred după ce îl vei cunoaște. Este prima dată când îl întâlnesc și eu pe Charles în persoană. Charles se află într-o situație ciudată. Când avea zece ani, era în 1822. Gândește-te la asta. Și e prima dată când îi întâlnesc și pe Haruto și pe bunica lui."

"Asta e o nebunie! James Monroe era președinte atunci - și a fost al cincilea președinte al nostru!" a hulit Brandy. I-a dat ușor un cot Liei: "Mama și tata ar fi super impresionați că mi-am amintit această informație! Iar puștiul, adică Haruto, ei bine, pare mult prea tânăr să-și pună viața în pericol".

Lia a râs și Sam i s-a alăturat, apoi, auzind că soția lui îl cheamă să îl ajute cu gemenii, a ieșit în grabă din cameră.

Charles a răspuns: "George al IV-lea era pe tron când am fost aici ultima dată. Cel puțin nu trebuie să-mi fac griji că mă voi întoarce la azil anul viitor", a spus el cu un zâmbet care s-a estompat rapid.

Lia a scos un țipăt involuntar, în timp ce Brandy a izbucnit în lacrimi și a spus: "Îmi pare atât de rău, Charles".

"Ah, deci ai auzit despre workhouses atunci", a spus el. "Dar eu sunt aici și am supraviețuit și se pare că am continuat să mă folosesc de experiența mea pentru a scrie despre personaje ca Oliver Twist și Little Dorrit, ca să menționez două. Da, am citit despre mine pe internet și trebuie să vă spun că m-am impresionat chiar și pe mine însumi."

"Încă nu l-ai cunoscut pe Micul Dorrit, unicornul", a spus Lia. "A plecat să se răcorească, dar se va întoarce în curând."

"Cine?" a întrebat Charles.

La momentul potrivit, Micuța Dorrit a reapărut, zburând în cerc deasupra capetelor lor și a venit pentru o aterizare rapidă.

"Micuța Dorrit, el este Charles Dickens. Charles, ea este Micuța Dorrit", a spus Lia.

Charles a rămas fără cuvinte, în timp ce unicornul prietenos s-a ghemuit pe lângă el. "Nu am visat nici într-un milion de ani că voi întâlni un unicorn".

"Încântată de cunoștință, Charles", a spus Micuța Dorrit.

Charles a tresărit: "Și unul care vorbește inteligent!". Avea un milion de întrebări să îi pună, dar trebuiau să aștepte, pentru că sus pe cer, E-Z, Lachie și Baby veneau să aterizeze. "Sunt treaz sau visez?" a întrebat Charles. "Ciupește-mă, ca să fiu sigur".

Odată ce Baby a aterizat și Lachie a coborât, s-au făcut prezentări peste tot, în timp ce E-Z s-a grăbit să intre înăuntru pentru a folosi baia. Când s-a întors, Sam și Samantha cu gemenii în remorcă, Haruto și Alfred li s-au alăturat.

"Gașca e cu toții aici", a spus Alfred.

"Pot să vorbesc cu tine și cu Haruto?", a întrebat Brandy. Când au dat din cap, ea a spus: "Îmi pare foarte, foarte rău. Vă rog să mă iertați pentru nesimțirea mea și să-mi acordați o a doua șansă". S-a uitat la picioarele ei.

"Hai să o luăm de la capăt", a spus Alfred.

"Saikai suru", a spus Haruto, apoi a tradus: "Ceea ce a spus".

"Anata wa yurusa rete imasu", a spus bunica lui Haruto, ceea ce în traducere înseamnă: "Ești iertat".

Bebelușul și Micuța Dorrit stând unul lângă altul era o priveliște foarte ciudată de văzut. Micuța Dorrit nu era mică, era un unicorn care avea o înălțime de peste 2,5 metri, în timp ce Baby, nu era deloc un copil ca statură, deoarece avea o înălțime de peste 2,5 metri.

"Uh, cred că voi doi - referindu-se la Baby și Little Dorrit - va trebui să găsiți un alt loc unde să dormiți, deoarece grădina nu va fi suficient de mare pentru voi doi", a spus E-Z.

Micuța Dorrit a spus: "Știu un loc și putem lua ceva delicios de mâncare și niște apă de asemenea."

"Sună bine pentru mine", a spus Baby.

Bunica lui Haruto a bătut-o pe bebeluș pe cap și a întrebat: "Josha wa dodesu ka?", ceea ce în traducere înseamnă: "Ce zici de o plimbare?".

Bebelușul a spus: "Tashika ni, tobinotte!", ceea ce în traducere înseamnă: "Sigur că da, urcă-te!".

Haruto a alergat și a spus: "Matte watashi o wasurenaide!", ceea ce în traducere înseamnă: "Stai, nu mă uita!".

Bebelușul s-a coborât pentru ca Haruto și bunica lui să se poată urca pe spatele lui. Au zburat, cu Micuța Dorrit urmând îndeaproape în apropiere.

Sam a spus: "Cred că toată lumea ar trebui să se instaleze și mâine puteți vorbi și face planuri după bunul plac."

"Bună idee", a spus E-Z, în timp ce Baby îi lăsa pe Haruto și pe bunica lui. Părul lui Sobo stätea în vârful capului de parcă și-ar fi băgat degetul într-o priză.

Cum bunica lui Haruto rămăsese fără cuvinte, Samantha a condus-o în camera ei. "Haruto doarme în camera mea", a spus ea.

"Sigur, mă întorc imediat." Ea s-a îndreptat pe hol spre camera lui E-Z.

"Cum a fost?" E-Z l-a întrebat pe Haruto.

"Subarashi!", a exclamat el, ceea ce în traducere înseamnă: "Fantastic!".

"Am primit astăzi un pat de campanie și câteva paturi suprapuse", a spus Sam, "așa că Haruto, Charles și Lachie, voi sunteți cu E-Z și Alfred în camera lor. Alfred doarme la capătul patului lui E-Z".

"Mulțumesc", a spus E-Z în timp ce se îndreptau spre camera lui. "Oh, apropo", a spus el când au rămas singuri, "a avut vreunul dintre voi probleme pe drumul de întoarcere?".

Alfred a spus că nu au avut.

"Dar tu, Lia?", a întrebat el în mintea lui.

"Nu."

"Atunci, ce s-a întâmplat?" a întrebat Alfred.

"Ei bine, am avut o minge de foc în urma noastră."

Lia a gâfâit.

"Dar datorită gândirii rapide a lui Baby, a fost distrusă."

"Cum a reușit să o distrugă?" a întrebat Alfred.

"Baby a înghițit-o, apoi a aruncat-o în ocean."

"Asta e înfricoșător", a spus Haruto.

"Sunt încă puțin îngrijorat în privința lui Baby", a spus E-Z, "pentru că pe drumul de întoarcere am observat că a tușit și a strănutat de câteva ori."

Lachie a spus: "Una dintre scântei chiar i-a ieșit din gură și nări. Spune că este bine, dar îl supraveghez îndeaproape".

"Nu prea putem să-l ducem la veterinar, nu-i așa?". a spus Alfred.

Haruto a râs și a râs.

"Ce este atât de amuzant?" a întrebat E-Z.

"Hyoryu Doragon", a spus el. "Hyoryu Doragon!" - ceea ce se traduce prin "veterinarul dragon" - și a răgușit din nou de râs.

Alfred și E-Z au ridicat din umeri, la fel ca și Charles, care a schimbat subiectul întrebându-i pe ceilalți dacă nu credeau că ar trebui să găsească un nou nume pentru echipa lor, având în vedere că acum sunt șapte în loc de trei.

"Poate", a spus E-Z.

"Care sunt caracteristicile noastre cheie?" a întrebat Charles.

"Promisiune", a sugerat Haruto, după ce se calmase și se oprise din râs.

"Aspirație", a spus Charles.

"Credința", a spus E-Z.

"Speranță", a spus Alfred.

Samantha a ascultat în fața ușii timp de câteva minute. Toți păreau destul de prietenoși, așa că s-a întors să vorbească cu bunica lui Haruto.

"Haruto se acomodează cu ceilalți băieți și stau de vorbă. Îl puteți muta aici mâine, dacă vreți. Are propriul lui pat de campanie acolo. Plănuiau un nou nume pentru echipa lor de supereroi - așa că nu am vrut să le întrerup sesiunea de brainstorming."

Bunica lui Haruto a dat din cap: "Mulțumesc."

Lia și Brandy erau acum implicate în conversația din cameră în cameră.

"Putere x 7", au sugerat fetele.

"Uh, uneori ne poate citi gândurile", a confirmat E-Z.

Charles a exclamat: "Ce zici de PAFHS7?".

"Îmi place", a spus E-Z, "dar nu cumva uităm doi membri cheie ai echipei noastre? Mă refer la Little Dorrit și la Baby. Ei sunt membri integraliști și ne-au salvat fundurile de câteva ori deja".

Alfred a repetat cuvintele, la fel ca și Haruto.

"Cum rămâne cu PAFHS9!" au cântat Lia și Brandy.

PAFHS9 nu s-au putut abține, au râs - până când au auzit pe cineva plimbându-se deasupra capetelor lor pe acoperiș.

"Ce naiba a fost asta?" a întrebat E-Z.

"Yoo-hoo! Suntem noi!" a spus Raphael. "Eriel și cu mine.

CAPITOLUL 10

GĂLĂGIE PE ACOPERIȘ

SAM S-A ÎNTREBAT DACă nu cumva Crăciunul venise mai devreme, când a ieșit afară în halat de baie pentru a investiga gălăgia de pe acoperiș. Nu a putut să vadă cine era acolo sus, până când nu a ajuns în centrul peluzei din fața casei sale.

"Shhh!", a șoptit el. "Tocmai i-am adormit pe copii".

Arhanghelii nu au răspuns. În schimb, și-au atârnat capetele ca doi copii certați.

"Vreți să intrați înăuntru?", a întrebat el.

"Mulțumesc, foarte mult", a răspuns Raphael.

POOF

POW

Ea și Eriel au dispărut.

Sam nu s-a mișcat imediat de pe gazon. Picioarele îi erau ude de la roua de pe iarbă și, în timp ce-și băga pumnii în buzunarele halatului, i-a zărit pe Micuța Dorrit și pe Baby dând târcoale casei.

"E totul în regulă acolo jos?" a întrebat Micuța Dorrit.

"Da", a spus Sam, "dar nu mergeți prea departe, pentru orice eventualitate. Voi fluiera dacă avem nevoie de ajutor". A făcut cu mâna, apoi a reintrat în casă, care acum era plină de voci și de zgâlțâieli de scaune. A strâns din dinți și a sperat că gemenii dormeau liniștiți. Aflat acum în bucătărie, a observat că toată lumea era trează și trează, în afară de bunica lui Haruto.

Raphael, care era așezată în capul mesei, semăna acum cu femeia îmbrăcată ca o asistentă la hotel, când i-a salvat viața lui Alfred. Rochia ei lungă și vaporoasă, asemănătoare cu cea de absolvire, îi creștea statutul printre ceilalți, de parcă ar fi fost un profesor așezat sau un judecător.

Eriel, pe de altă parte, își modificase înfățișarea astfel încât arăta ca un cântăreț decedat a cărui marcă înregistrată era să se îmbrace din cap până în picioare în negru, inclusiv cu ochelari de soare cu rame întunecate.

"Avem nevoie de mai multe scaune?" a întrebat Samantha.

"Cred că suntem bine", a spus Sam. "Sper că nu va dura foarte mult. Oh, și E-Z, tu iei celălalt capăt al mesei, din moment ce ești liderul nostru ales".

"Uh, mulțumesc", a spus E-Z mutându-se în poziție. "Deci, ce naiba faceți voi doi aici în mijlocul nopții?".

Brandy a râs: "Și cine a spus că eu sunt cea nepoliticoasă?".

Lia a spus: "Shhh".

Raphael s-a uitat la fiecare dintre copii. Era prima dată când îi vedea pe Haruto, Charles, Brandy și Lachie. Erau cu toții atât de incredibil de tineri, atât de curajoși. Ochii i s-au umezit, când privirea i-a căzut pe E-Z. Și-a aplecat capul.

E-Z a așteptat, apoi și-a dat seama că Raphael îi cerea permisiunea de a vorbi. El a dat din cap.

Înainte de a vorbi, Raphael și-a ajustat noii ochelari. Faptul că a făcut acest lucru, l-a făcut pe E-Z să-și ajusteze vechii ochelari pe care, așa cum îi ceruse proprietarul lor original, nu și i-a îndepărtat niciodată de pe față.

Charles, care, în mod cu totul neobișnuit, devenea din ce în ce mai nerăbdător, a întrebat: "Doamnă, de ce mă aflu aici ca băiat de zece ani, când aş fi mult mai util acestei echipe ca adult."

"LINIŞTE!" a exclamat Eriel, bătând cu pumnii în masă. "Noi avem cuvântul. Vorbeşte, soră, căci aceşti copii devin tot mai nerăbdători. Ochii lor pâlpâie şi se aruncă în jurul camerei. Ca şi cum s-ar aştepta să-i arunci în cuve fierbinţi de ceară!"

"Nepoliticos!" a exclamat Brandy. "Nu mi-e frică de tine!".

"Shhh", a şoptit Lia.

Charles i-a zâmbit lui Brandy.

"Ar trebui să-ţi fie frică", a spus Eriel cu o grimasă. "Foarte frică".

"Ordine! Ordine!" a strigat Raphael şi ea a aşteptat până când toţi au fost aşezaţi şi mai calmi. "Suntem aici în această seară pentru binele TĂU." Raphael a spus mai tare decât se aştepta ea.

"Aici! Aici!" a intervenit Eriel.

"Cum aşa?" a întrebat E-Z.

"Îţi va spune dacă te linişteşti!" a declarat Eriel.

Raphael a aşteptat din nou înainte ca ea să vorbească din nou.

"Nu este timp pentru planuri fanteziste sau amânări. Furiile fac ravagii, din ce în ce mai multe pe zi ce trece, prin piratarea Captatoarelor de Suflete. Aruncând suflete vechi în golul deschis. Este un haos total acolo! Și creează și mai mult cu fiecare secundă, cu fiecare minut, cu fiecare oră a fiecărei zile. Pe scurt, trebuie să fie opriți. Imediat."

"Dar..." a spus Alfred, "nici măcar nu ai menționat copiii."

Eriel s-a ridicat de pe scaun. S-a holbat la Alfred, obligându-l să se uite în altă parte. "Ea nu a terminat ÎNCĂ."

Raphael a continuat fără să ezite de data aceasta.

"Noi, Eriel și cu mine, suntem aici pentru a vă da sfaturi - fără a fi implicați direct. Misiunea noastră este să vă ajutăm, să vă ajutați pe voi înșivă să salvați copiii."

Lui E-Z nu i-a plăcut cum suna asta, deloc. Și-a trântit pumnii pe masă.

"Am fost deja de acord să ne luptăm cu The Furies. Mai întâi, trebuie să ne pregătim, să formulăm un plan. Când vom fi gata, le vom distruge. Dacă ați venit aici ca să ne grăbiți, să ne împingeți în luptă înainte de momentul potrivit, atunci, întrucât sunt ales lider, aș vrea să mă retrag. Suntem doar niște copii și ne cereți să ne punem viețile în pericol. Nu sunt, nu suntem, dispuși să mergem înainte până când nu suntem pe deplin pregătiți."

Lia s-a ridicat prima și a început să aplaude, iar restul echipei i s-a alăturat.

"Ce a spus", a răcnit Alfred, deoarece lebedele nu pot aplauda.

"Așteptați!" a spus Raphael. "Nu suntem aici ca să vă împingem, ci ca să vă ajutăm".

Culoarea lui Eriel s-a schimbat din alb în roșu, în contrast extrem cu ținuta sa neagră. E-Z și ceilalți priveau, în timp ce tenul arhanghelului continua să se înroșească, temându-se că îi va exploda capul.

"Calmează-te și ia loc!". a ordonat Raphael. Eriel a respirat adânc de câteva ori, apoi s-a scufundat din nou în scaunul său.

Raphael a rămas calm, cu capul sus. Și-a împins scaunul înapoi și s-a ridicat. Și a continuat să se ridice până când a fost deasupra celorlalți. S-a așezat, ca și cum ar fi călătorit pe un covor magic și și-a înclinat capul spre dreapta, de parcă ar fi pozat pentru un selfie.

"Suntem dedicați vouă și sarcinii, dar puterile noastre au limite. Dacă sunteți familiarizați cu zicala "suntem aici pentru voi în spirit", - atunci asta suntem noi. Am sfărâmat toate regulile astăzi, venind aici, la voi acasă. Am făcut acest lucru împotriva sfatului superiorilor noștri și împotriva bunului simț.

"Venind aici, ne-am expus la pericole nevăzute și necunoscute, dar tu meriți acest risc. De aceea am decis să venim și să ne oferim asistența în persoană."

"De asemenea, înțelegem că ați formulat un plan și că suntem aici pe post de consilieri. Îl puteți testa pe noi, să vedeți dacă merge. Dacă observăm defecte, le vom semnala și vă vom ajuta."

E-Z a aruncat o privire către membrii echipei sale, care s-au așezat din nou la loc. "Luăm în considerare opțiunea de a atrage zeițele într-un joc și de a le învinge acolo."

"Oh, înțeleg", a spus Raphael. "Credeți că le puteți învinge la propriul lor joc, ca să spunem așa, isteț. Destul de inteligent, dar nu suficient de inteligent, mă tem."

"Ce vrei să spui?"

"Și-au dat seama cum să manipuleze și să controleze toți jucătorii din lumea jocurilor de noroc. Cunosc toate trucurile din carte - pentru că industria a făcut totul mai ușor odată ce ai intrat în joc. Pentru a juca, trebuie să ucizi. Pentru a avansa, trebuie să ucizi. Pentru a câștiga, trebuie să ucizi.

"În interiorul lumii jocurilor E-Z, va trebui să ucizi și tu. Odată ce o faci, ești o pradă ușoară pentru The Furies. Ele vă pot captura pe fiecare dintre voi, unul câte unul. Nu puteți sta în echipă acolo. Echipele în cadrul jocului sunt simple iluzii. Niciun jucător nu va fi scutit de complotul lor răzbunător.

"Amintiți-vă, zeițele au un mandat - care este de a-i pedepsi pe cei nepedepsiți. Și îl urmează întocmai, fără "dacă", "și" sau "dar". Cu toate acestea, ele folosesc o zonă gri în avantajul lor. Nimic nu le poate opri - cu condiția să respecte mandatul." S-a oprit și a aruncat o privire către Eriel: "Vrei să adaugi ceva?"

"Dacă aș fi în locul tău", a spus el, "i-aș ataca frontal, în câmp deschis. Unde și când se așteaptă cel mai puțin. Te-ar pune într-o poziție de putere și i-ar face vulnerabili."

"Asta în cazul în care nu ne văd sau nu simt că venim după ei", a spus Brandy. "Tot nu înțeleg cum de îi omoară pe copii. Trebuie să-i vedem, ca să-i înțelegem și să știm cu ce ne confruntăm. Am spus că voi ajuta, dar cu siguranță mă așteptam la informații mai specifice."

"E-Z", a întrebat Raphael, "ești dispus să-mi înapoiezi ochelarii? Pentru o scurtă perioadă de timp? Cu ei, voi putea să-ți arăt tehnica Furiilor. Cum îi prind în capcană pe copii în cadrul jocului în timp real. Brandy are dreptate, să vezi înseamnă să crezi, dar nu pot face asta fără ochelarii mei originali. Doar tu poți lua această decizie. Dacă vrei cu adevărat să vezi. Dacă vrei cu adevărat să știi."

"Mișto", a spus Brandy. "Să trecem la treabă, E-Z."

Eriel a aruncat o privire spre tavan. "Ophaniel m-a chemat. Trebule să plec acum." A făcut o plecăciune.

ZIP

A dispărut în noapte.

E-Z și-a scos ochelarii roșii și i-a împăturit, înainte de a-i înmâna lui Raphael, care încă plutea deasupra mesei. Ochelarii, când a întins mâna după ei, i-au zburat în mâini.

Raphael i-a scos noii ochelari și i-a lustruit pe cei vechi înainte de a i-i pune pe față. A zâmbit, în timp ce ea și toți ceilalți din cameră priveau cum sângele se mișca în jurul ramei în felul său șerpuitor, ca și cum s-ar fi familiarizat din nou cu ea.

Când sângele din ochelari a revenit la curgerea lui Raphael, și-a pus ochelarii pe față, apoi s-a îndreptat spre perete, în timp ce lumini puternice și strălucitoare emanau din ochelari, așa cum te-ai aștepta să vezi într-un cinematograf.

"Înainte de a începe", a spus Raphael, "acest lucru nu este pentru cei slabi de inimă. Ceea ce sunteți pe cale să vedeți este clasificat ca fiind acompaniament pentru adulți. Nu cred că Haruto ar trebui să-l vadă".

Samantha a spus: "Haide, Haruto. Noi doi ne putem uita la televizor în cealaltă cameră".

Cei doi au plecat. Și spectacolul a început.

Pe ecran era un băiețel. În jur de șapte, poate opt ani. Deși era în miezul nopții, el stătea în fața calculatorului. Pe cap avea niște căști. În fața gurii sale se afla un microfon micuț care era atașat de cască.

"Te-am prins!", a spus el. "Mai am nevoie doar de încă o crimă, apoi voi fi la nivelul următor".

HHIIIIIIIIISSSSSSSSSSSS.

Și ei îl puteau auzi și ei.

"Ești un ucigaș!"

"Numai băieții răi ucid - și tu ești un băiat rău. Mama ta știe ce fel de ucigaș băiat rău ești?".

"Joc un joc", a spus el. "Este doar un joc și dacă nu ucid, nu pot avansa."

"Săracul copil", a spus E-Z.

Linişte.

Băiatul şi-a reluat jocul. Curând a venit timpul ca el să ucidă din nou. De data aceasta a ezitat.

"Continuă. Ai ucis o dată, ştii că a fost distractiv, aşa că dă-i drumul şi ucide din nou. Ştii că vrei să o faci".

"Nu!", a spus el.

"Nu contează. O singură crimă este tot ce ne trebuie!"

Apoi şuieratul a devenit din nou foarte puternic, mai tare, mai tare, mai tare, mai tare.

"Opriţi-vă!", a strigat el.

"Opreşte-te Raphael!" a strigat Lia.

"Nu pot", a răspuns arhanghelul. "Ai spus că vrei să vezi cum o fac. Dacă vreunul dintre voi este prea speriat, părăsiţi camera sau acoperiţi-vă ochii. Brandy avea dreptate, trebuie să vedeţi cu ochii voştri. Până acum, nici eu nu am văzut-o."

HHIIIIIIIIIISSSSSSSSSSSS.

Continuaţi. Ai ucis o dată, ştii că a fost distractiv, aşa că dă-i drumul şi ucide din nou. Ştii că vrei să o faci".

Du-te. Ai ucis o dată, ştii că a fost distractiv, aşa că dă-i drumul şi ucide din nou. Ştii că vrei să o faci."

Continuă. Ai ucis o dată, ştii că a fost distractiv, aşa că dă-i drumul şi ucide din nou. Ştii că vrei să o faci."

"La, la, la, la, la, la", a cântat băiatul. Încercând să blocheze vocile.

"A înnebunit", a spus și prietenul său care juca jocul. "Eu plec. Ne vedem mâine la școală, Tommy."

"La, la, la, la, la, la!" Tommy a continuat să cânte.

Pulsul îi era accelerat. Bătăile inimii lui s-au accelerat. Bătea și bătea, de parcă ar fi vrut să iasă din piept. Nu mai putea să respire. A încercat să se ridice în picioare, dar picioarele i s-au făcut gelatină.

A auzit o voce în capul lui. Părea a fi vocea mamei sale, dar nu era.

"Ne este atât de rușine de tine, Tommy. Nu meritam să avem ca fiu un criminal!"

O a doua voce, care părea a tatălui său.

"Fiul nostru nu este un criminal, cine ești tu? Tu nu ești fiul nostru."

Tommy a plâns.

"Sunt un criminal", a spus el în timp ce se prăbușea de pe scaun și se prăbușea într-un ghem pe podea.

Acum, de pe ecran, încă două voci. Fratele său Alex, sora sa Katie, cântând un cântec împreună cu părinții săi, un cântec care era cântat pe o melodie populară pentru copii despre un tufiș de mure. Versiunea lor suna cam așa:

"Tommy este un mur-der-er; mur-der-er, mur-der-er, mur-der-er, mur-der-er, Tommy este un mur-der-er, Și nu-l mai iubim."

Bietul Tommy era singur acum.

"Nu renunța", a strigat Lia, deși știa că el nu o putea auzi.

Pe podea, înfășurat într-o minge, își imagina că mama, tatăl, sora și fratele lui dansau în jurul lui. Îl înconjurau ca un vultur care își înconjoară prada.

"Tommy este un mur-der-er; mur-der-er, mur-der-er, mur-der-er, mur-der-er, Tommy este un mur-der-er, Și noi nu-l mai iubim."

Inima lui Tommy era frântă. S-a împins afară din trupul lui și a zburat departe.

Furiile au prins-o și au băgat-o într-un prinzător de suflete. Au trântit ușa înăuntru.

Raphael și-a scos ochelarii. Imediat proiectorul de perete s-a terminat. În timp ce îi înmâna ochelarii înapoi lui E-Z, o lacrimă i s-a rostogolit pe obraz.

Tăcerea din jurul mesei era asurzitoare.

"Le fac pe vrăjitoarele despre care Shakespeare a scris în Macbeth să pară amabile", a spus Alfred.

"Nu văd cum puterea mea de a mă camufla sau de a vorbi cu animalele va ajuta, nu împotriva lor", a spus Lachie.

"Aș ucide unul, aș muri, m-aș întoarce, l-aș ucide pe al doilea, aș muri, m-aș întoarce și l-aș ucide pe al treilea", a spus Brandy. "Lasă-mă să pun mâna pe ele!".

"Stai puțin", a spus E-Z. "Acum că am văzut-o, trebuie să vorbim despre ea. Înainte de a ne scufunda. Poate ar trebui să votăm din nou? Participarea noastră trebuie să fie unanimă".

Sam a luat cuvântul. "Nu trebuie să vă fie rușine, să spuneți nu. Nimeni nu v-a numit salvatori ai lumii."

"Are dreptate", a spus Raphael. "Nimeni nu v-a numit - și totuși nu mai există nimeni altcineva care să o poată face."

"De ce nu o puteți face voi, arhanghelii?" a întrebat Brandy.

"Am încercat tot ce știam și am eșuat. De aceea am venit la tine", a spus Raphael. "Și un lucru vreau să fie clar pentru voi toți... Dacă va exista vreodată un moment, când vă veți teme că sfârșitul este aproape, atunci vom veni să vă ajutăm."

"Cum intenționați să ne ajutați atunci, când tocmai ne-ați spus că sunteți inutili?" a întrebat Charles.

"Asta voiam să întreb și eu", a spus Brandy.

"Dacă, atunci când, sfârșitul este aproape... noi, arhanghelii, vom primi alte puteri. Până când va fi nevoie de ele, aceste puteri dorm adânc în măruntaiele pământului.

"Între timp, E-Z, tu știi cuvintele magice pentru a o chema pe Eriel alături de tine. Aceleași cuvinte mă vor aduce pe mine și pe ceilalți, dacă ai nevoie de noi.

"Vom veni. Vom lupta alături de voi. Dar te rog, nu irosi chemarea. Pentru ca puterile străvechi să se trezească, trebuie să existe dovezi incontestabile că sfârșitul rasei umane este iminent."

"Și dacă vă chemăm, iar puterile pe care spuneți că le veți avea nu vin. Atunci ce se va întâmpla?" a întrebat E-Z.

"Atunci vom muri alături de voi."

E-Z și-a trântit pumnii pe masă.

"Văzându-i în acțiune, îmi face sângele să fiarbă. Trebuie să-i învingem."

"Aici! Aici!" a strigat Charles.

"Dar mai întâi", a spus Sam, "trebuie să le spui acestor copii înainte de a-i trimite în luptă. Spune-le exact cum ați încercat tu și ceilalți arhangheli să le învingeți pe Furii."

"Le-am întins o capcană când am descoperit că s-au întors. Ne-a trădat, ne-a dat de gol, iar apoi s-au mutat în Valea Morții. Valea Morții este în afara limitelor pentru arhangheli acum."

"În afara limitelor? Cine a făcut să fie așa?"

"Aceasta este o întrebare la care nu pot răspunde. Tot ce știu este că o echipă de arhangheli imens de puternici nu a putut să treacă de barierele de protecție pe care le-au pus în loc."

"Asta e tot?" a întrebat Brandy. "Asta e tot ce ați încercat și vreți ca noi să preluăm controlul acum. Serios?"

Raphael și-a pus mâinile în șolduri: "Noi suntem arhangheli și puterile noastre pe pământ sunt limitate." Ea a râs: "Puterile noastre în altă parte sunt și ele limitate."

"Bine, bine," a spus E-Z. "Ne-am prins. Nu avem de ales, nu chiar, dar lasă-ne pe noi".

"Foarte bine", a spus Raphael. "Dar înainte de a pleca, Charles, am vrut să-ți răspund la întrebarea ta. Arhanghelii nu v-au convocat și nu v-au eliberat. Noi credem că prezența ta aici, este accidentală.

"Nici noi nu credem că The Furies nu știu despre tine. Poate că ești o armă secretă. S-ar putea să ai puteri extraordinare în tine.

"Ai spus că ți-ai fi dorit să fi fost adus înapoi ca un om în toată firea. Vârsta ta de astăzi este semnificativă. Noi credem că copiii dețin viitorul rasei umane în mâinile lor. Doar copiii pot învinge răul pur."

"Dar de ce numai copii?" a întrebat Charles.

"Pentru că ei se nasc cu inima curată", a spus Raphael.

Charles s-a așezat un pic mai înalt pe scaunul său.

Raphael a continuat: "Charles Dickens, nu-ți fie teamă să experimentezi și să-ți descoperi adevărata ta identitate. În interiorul tău poate exista o ușă pe care numai tu o poți deschide. O cheie.

"Simplul fapt că există o linie de sânge, între tine, E-Z și Sam, este semnificativ. Nu-ți fie teamă, să riști totul pentru a găsi acea cheie. Ești aici pentru a ajuta la salvarea omenirii. Nu există nici o îndoială în privința asta. Folosește-ți timpul petrecut aici cu înțelepciune. Faceți diferența."

Charles a plâns, deoarece până în acest moment; se simțise inutil. Ceilalți l-au consolat și l-au liniștit.

"Succes unuia și tuturor", a spus Raphael.

POW.

Și a dispărut.

"Când vom supraviețui", a spus Lia, "și vom supraviețui, vom da cea mai mare petrecere pentru victorie din toate timpurile".

"Charles", a spus E-Z. "Dacă Raphael are dreptate, ai putea fi cel mai important membru al echipei. Te rog să-ți faci timp pentru o mică cercetare sufletească."

"Cum se face o, căutare a sufletului?", a întrebat el.

"Meditația este o modalitate", a spus Brandy.

"Sau plimbarea în natură", a spus Lachie.

"Timpul petrecut singur, doar gândind", a oferit Alfred.

"Hai să dormim și să continuăm această discuție dimineață", a spus E-Z.

"Nu cred că voi dormi prea mult după ce l-am văzut pe bietul Tommy", a spus Lia. "A fost chiar mai rău decât mi-am imaginat".

"Da, bietul Tommy", a fost de acord Alfred.

"Deci, toată lumea este încă înăuntru?" a întrebat E-Z.

"DA" s-au auzit de la toți.

"Cum rămâne cu Haruto, totuși?"

"Cred că va rămâne în continuare", a spus E-Z, "dar îi voi explica totul lui Sobo, iar ea poate discuta cu el. Aș înțelege perfect dacă ar opta să nu participe."

"Nu cred că o vor face totuși", a spus Samantha. "Haruto doarme. Se simte rușinat pentru că era prea tânăr ca să vadă ceea ce vedeai tu. Ca și cum ar fi fost mai puțin un membru al echipei."

"Ai făcut ceea ce trebuia, scoțându-l din cameră", a spus Sam. "Ceea ce am văzut a fost îngrozitor."

"Sunt de acord", a spus E-Z.

Charles a spus: "Deci, toți pentru unul și unul pentru toți. Exact ca în Cei trei mușchetari".

"Întotdeauna mi-a plăcut cartea asta!" a spus Alfred.

Chiar și în cele mai cumplite situații, cărțile îi uneau întotdeauna pe oameni. Fiecare membru al PAFHS9 a sperat că acesta era un lucru din lume care nu se va schimba niciodată.

CAPITOLUL 11
DEJA VU

E-Z ȘI SAM NU mai aveau prea mult timp singuri, dar niciunul nu se plângea de asta. Samantha era îngrijorată că pierduseră contactul și era hotărâtă să îndrepte lucrurile, surprinzându-i cu un mic dejun "Early Bird" la Ann's Café.

Au sosit în bucătărie în același timp - deoarece amândouă primiseră mesaje prin care li se cerea să se îmbrace și să vină imediat la bucătărie.

"Ce s-a întâmplat?" a întrebat Sam.

"Da, ce s-a întâmplat?" a întrebat E-Z.

"Nu s-a întâmplat nimic", a spus Samantha. "Voi doi aveți o rezervare la Ann's, așa că mergeți acolo chiar acum - înainte ca toată lumea să se trezească și să vrea să vi se alăture."

Sam și-a sărutat soția.

"M-am gândit că e timpul ca și voi să luați din nou micul dejun împreună."

E-Z a îmbrățișat-o puternic pe Samantha.

"O să ne facem singuri drumul până acolo?"

"Cu siguranță, unchiule Sam."

Sam și-a luat rucsacul cu laptopul în el și au plecat.

Era o dimineață frumoasă de primăvară, cu o mulțime de cântece de păsări care să le cânte o serenadă pe drumul spre cafenea.

"Soția ta este destul de specială".

"Da, este una la un milion."

În curând, au ajuns la cafenea. Era aproape goală, iar Ann nu era de găsit nicăieri, dar E-Z a recunoscut-o pe sora ei, Emily. Nu o mai văzuse de când era mic copil.

"Nu te-ai schimbat prea mult", a spus Emily, aruncându-și brațele în jurul lui.

"Nici tu nu te-ai schimbat", a spus E-Z, cu o voce înăbușită, în timp ce ea îl sufoca în puloverul ei voluminos. "Iar el este unchiul Sam".

"Văd asemănarea", a spus Emily, strângându-i mâna cu fermitate. "Am masa perfectă pentru tine, urmează-mă".

Când au trecut pe lângă masa lor obișnuită, a ezitat și s-a uitat la unchiul său. "Te superi dacă ne așezăm la aceasta în locul ei, Emily?".

"Sigur că da!" a spus Emily, așezând tacâmurile de argint și înmânând meniurile. "Cafea?" Sam a dat din cap. Ea i-a turnat o cană fierbinte și plină de aburi.

"Vrei ca de obicei?", a întrebat ea pe E-Z. Sora mea mi-a spus ce ar putea fi".

"Cu siguranță."

"Și a fost un shake gros de ciocolată, am dreptate?".

A avut dreptate.

"Și tu, Sam?", a întrebat ea. "Ce mănânci astăzi?"

"Să fie două din ceea ce mănâncă nepotul meu", a spus el, "dar țineți-l pe cel cu shake gros. Cafeaua este singura băutură de care am nevoie în această dimineață."

"Așa-i!", a spus ea, apoi a plecat spre bucătărie.

Sam și-a deschis laptopul, apoi l-a închis din nou.

"Este plăcut să vii într-un loc unde totul este mereu la fel", a spus E-Z.

"Ar trebui să-i aduc pe Sam și pe gemeni aici într-o zi, curând. Mi-ar plăcea să sprijin afacerile locale și este un exemplu bun pentru Jack și Jill."

"Cu siguranță. Acest loc are numai amintiri bune pentru mine", a spus E-Z. "Dar într-una din zilele astea o să mă aventurez și o să comand ceva diferit. Trebuie să dau un exemplu bun pentru verii mei, nu-i așa?"

Sam a râs, apoi a luat o înghițitură de cafea. O secundă mai târziu, Emily a venit și a umplut din nou ceașca. "E ca și cum ar avea ochi în ceafă".

E-Z a râs. Mintea îi dădea târcoale unui anumit subiect pe care voia să-l discute: Furiile. În același timp, nu voia să intre direct în conversația grea.

"Așadar... Soțla mea va avea casa plină de oaspeți pe care să-i hrănească atunci când toată lumea se va trezi."

"Sobo va ajuta."

"Adevărat, dar nu cred că ar trebui să profităm. Mi-ar plăcea să putem face o reluare, dacă înțelegi ce vreau să spun."

"Categoric. Deci, să trecem la treabă".

Sam și-a deschis din nou laptopul. De data aceasta l-a pornit și a tastat în motorul de căutare:

Cum să învingi The Furies.

E-Z a dat din cap, în timp ce shake-ul său era așezat în fața lui. A încercat imediat să sorbească puțin din shake-ul său gros, dar era prea gros pentru a putea trece ceva prin pai - ceea ce era exact cum îi plăcea. "Ceva util?"

"Spune că Erinyes - sau Furiile - nu pot fi potolite decât prin purificare rituală."

"Ce înseamnă asta?"

"Cred că înseamnă că va trebui să îndeplinești o faptă - la cererea lor, ca ispășire."

"Ispășirea nu înseamnă același lucru cu penitența? Nu-mi place cum sună asta", a spus E-Z. "Nu am făcut nimic pentru care să ne împăcăm cu ei."

"Poate însemna și Răscumpărare. Răscumpărare. Reparație. Restituire."

"Cei patru "R", e atrăgător, dar întreb din nou pentru ce îi vom răsplăti?

"Gândiți în afara cutiei", a spus Sam. "Ce-ar fi dacă ați putea face ceva, pentru a-i încuraja să facă o plimbare și să lase copiii și prinzătorii de suflete în pace?".

E-Z a râs. "Dacă ar exista o cale, ar fi perfect. De asemenea, prea ușor."

Sam s-a scărpinat în cap. "Aici scrie că Furiile pedepseau bărbații și femeile pentru crime după moarte și în timpul vieții lor. Ceea ce fac și acum - copii, nu adulți. Nu știam asta."

"Ceea ce nu înțeleg eu este de ce. De ce s-au întors acum? Ce s-a schimbat..."

"Toate sunt întrebări excelente la care nu pot răspunde", a spus Sam. "Dar, oh, iată ceva interesant. Scrie că, în calitate de Zeițe ale Destinului, ele au împiedicat omul să afle despre viitor."

"Cum anume?"

"Nu se spune", a spus Sam, exact când Emily a sosit din nou pentru a-și reîmprospăta ceașca de cafea. "Doar un pic", a spus el. Îi era teamă că va pluti spre casă dacă mai bea cafea.

"Micul tău dejun va fi gata într-o secundă", a spus ea. "Sper că ți-e foame!"

"Cu siguranță că ne este", a spus E-Z, în timp ce încerca să bea din nou shake-ul gros și a avut ceva succes în a scoate ceva prin pai.

Emily a zâmbit, apoi s-a dus să întâmpine câțiva clienți noi.

"Înainte de toate astea", a spus Sam, "nici măcar nu auzisem de The Furies. Scrie aici, atât în mitologia greacă, cât și în cea romană, că erau spirite ale dreptății și răzbunării. Celălalt nume al lor, Erinyes, înseamnă "cele furioase"." A derulat în jos. "Văd câteva mențiuni în lumea jocurilor de noroc. Niciunul dintre adjectivele folosite pentru a le descrie nu contrazice ceea ce știm deja, adică, Furiile sunt creaturi malefice sinistre care nu arată milă."

"Mi-aș dori ca PJ și Arden să se fi întors cu noi. Cu cunoștințele lor de vrăjitorie de joc, pun pariu că ar ști ce să facă. De când i-am pierdut, mă tot bat cu pumnul în piept că am pierdut contactul. Totul pentru că am devenit prea implicat în a fi un supererou. Cu siguranță îmi lipsesc tipii ăia."

"Ei nu ar vrea să te lovești singur. Și mie mi-e dor să-i văd prin preajmă."

Emily a pus mâncarea pe masă: "Poftă bună!", a spus ea.

E-Z și Sam au mâncat cu lăcomie, fără să vorbească o vreme. După o mulțime de sunete de plăcere a mâncării, și-au reluat conversația.

"Tocmai mă gândeam la plan - să-i învingem în interiorul jocului. Cu siguranță suna bine - sau așa am crezut până când Raphael ne-a spus contrariul. Este un lucru bun că ne-a spus direct totuși, altfel... ei bine, nici nu vreau să mă gândesc la ce s-ar fi putut întâmpla cu oricare dintre copii."

"Totuși, mă tot gândesc că The Furies trebuie să aibă un călcâi al lui Ahile. Îți amintești povestea asta?"

"Da, îmi amintesc. Dacă au un punct slab, nu știu care este. Știm că sunt muritoare ca și noi. Dacă pot să moară, ca și noi, atunci cel puțin sunt la egalitate de șanse."

"Hai să ne concentrăm mai mult pe punctele lor slabe: furia, ranchiuna, răzbunarea."

"Sunt aceleași lucruri pentru care îi pedepsesc pe alții, deci cum pot fi punctele lor slabe?" a întrebat E-Z, în timp ce-și băga în gură o furculiță de clătite. "Deci, bine."

Sam a dat din cap: "Cu siguranță că sunt." A mai luat o înghițitură de cafea. "Adevărat, ceea ce înseamnă că am putea folosi împotriva lor aceleași lucruri pentru care îi pedepsesc pe ceilalți."

"Dar cum?"

"Asta nu știu - ÎNCĂ."

"S-ar putea să avem nevoie de mai mult de una dintre aceste sesiuni împreună pentru a rezolva lucrurile", a spus E-Z. A doua farfurie plină de clătite a fost așezată pe masa din fața lui.

"Ann tocmai m-a sunat și mi-a spus să mă asigur că am adus o a doua porție de clătite pentru tine", a spus Emily.

"Mulțumesc. Și spune-i lui Ann că sper să se simtă mai bine în curând."

"Așa voi face. Mai vrei cafea?"

Sam a dat din cap, așa că ea i-a umplut din nou ceașca. Când Emily a plecat, el a spus: "Uh, mă întorc într-o secundă" și s-a dus la baie.

E-Z a întors ecranul spre el și a tastat:

CUM LE UCID PE FURII?

Au apărut câteva răspunsuri, dar toate aveau legătură cu modul în care să le învingi pe cele trei zeițe ca personaje din lumea jocurilor.

Sam s-a întors. "Ai găsit ceva?"

"Nimic util. Deși se spune că rădăcinile The Furies ar putea merge până în preistorie."

"Ei bine, și descendența lui Baby merge destul de departe în trecut."

"Trebuia să fi văzut cât de repede a înghițit mingea aia de foc! Fără nicio secundă de ezitare."

După ce și-au terminat masa, i-au mulțumit lui Emily și au plecat acasă. Erau atât de sătui încât nu credeau că vor mai mânca vreodată.

"Cu siguranță a fost plăcut să petrecem dimineața cu tine", a spus E-Z. "M-am simțit ca pe vremuri."

"Cu siguranță că da. Hai să o facem din nou în curând. Între timp, hai să ne gândim mai mult la ceea ce am învățat astăzi, pentru că, așa cum spune vechea zicală - unde există voință există și cale."

"Adevărat, adevărat, unchiule Sam. Adevărat adevărat."

CAPITOLUL 12
LA CASĂ

Când au ajuns înapoi în casă, primul lucru pe care Sam l-a făcut a fost să-și ia soția în brațe. Ea era bucuroasă să-l vadă, dar avea mâinile ocupate cu pregătirea micului dejun.

"Mă bucur că ți-a plăcut", a cârâit Samantha.

"Pot să te ajut cu ceva?". a întrebat Sam, în timp ce evalua situația cu gemenii.

"Totul este gestionat", a spus Samantha, în timp ce, în spatele ei, gemenii au scos un geamăt.

Mai ales pentru că Haruto se oprise pentru o clipă din a se juca versiunea sa de hon no piku, care în traducere înseamnă peekaboo. În versiunea lui Haruto, făcea o față, apoi se învârtea foarte repede până dispărea, apoi reapare, iar gemenii chicoteau.

"Asta e foarte creativ!" a spus Sam, în timp ce Lachie a intervenit pentru a prelua rolul de amuzament.

Lachie a trecut direct la câteva imitații de animale și a primit recenzii entuziaste din partea gemenilor când a râs ca o kookaburra:

koo-koo-koo-koo-kaa-kaa-KAA!-KAA!-KAA!

Apoi a fost rândul lui Charles să se distreze cu povestea sa numită "Cei trei bolovani".

"Iwa?" a spus Haruto, ceea ce în traducere înseamnă bolovani.

"Da", a spus Charles, în timp ce E-Z și Sam s-au retras la ușă pentru a asculta și ei povestea, în timp ce Alfred, Sobo, Brandy, Lla și Samantha continuau cu pregătirea mâncării.

"A fost odată ca niciodată", a început Charles, "era un deal, sus, deasupra Canalului Mânecii. Pe el se aflau mulți, mulți bolovani. De fapt, prea mulți ca să îi pot număra.

"În această zi anume, un camion mare și greu a urcat dealul, scârțâind și scrâșnind în timp ce mergea. Când a ajuns în vârf, a desfășurat un ridicător de bolovani, care s-a luptat cu greutatea fiecărei bucăți de piatră. Timp de câteva ore, a reușit să adune cât mai multe pietre. Până când partea din spate a camionului a fost plină. Dar nu prea plină. Umplerea excesivă însemna că bolovanii s-ar fi rostogolit din camion atunci când acesta se deplasa, ceea ce trebuia evitat cu orice preț.

"Camionul a coborât dealul. A golit bolovanii într-un alt camion mai mare. Un camion care era prea mare pentru a reuși să urce dealul și nu avea un mecanism de ridicare pe el. Când camionul mai mic s-a golit din nou, a urcat din nou pe deal. În curând a fost din nou plin cu bolovani.

"Acest proces a fost completat de mai multe ori, până când camionul mai mare a fost plin până în vârf. Toți bolovanii rămași trebuiau să fie transportați în camionul mai mic. Acum, că ambele camioane erau pline, munca grea era terminată. Așadar, era ora prânzului. Iar oamenii și-au mâncat sandvișurile și și-au băut termosurile pline de ceai fierbinte și dulce.

"Înapoi pe vârful stâncii, mai rămăseseră doar trei bolovani singuratici. Erau triști, pentru că își pierduseră prietenii și se simțeau respinși, nedoriți, inutili și destul de furioși în același timp. A simți prea multe emoții în același timp poate fi derutant, dar împărtășirea sentimentelor cu prietenii, poate ajuta, așa că cei trei bolovani au discutat despre situația lor dificilă."

"Ce fac cu toți prietenii noștri?", a întrebat primul bolovan, al cărui nume era Rocky.

"Nu știu", a spus al doilea bolovan al cărui nume era Pebbles. "Poate că și ei au nevoie de prieteni acolo unde se duc. Cu siguranță îmi vor lipsi".

"Nu", a spus al treilea bolovan, care era mai bătrân și mai înțelept și al cărui nume era Crăcănat. "Nu îi duc să vadă lumea. Și nici pentru a fi prietenii lor. Nu știți că ne strivesc ca să le facem drumurile."

"Nu!" au strigat Rocky și Pebbles. "Nu pot să-i facă pe prietenii noștrl tercl!"

"Aș fi vrut să mă ia și pe mine", a spus Craggy. "Sunt prea bătrân ca să mai stau aici sus, pe o vreme atât de severă. Vânturile aspre îmi sparg stratul exterior și nu m-ar deranja să-mi petrec viitorul ca drumar. Cel puțin atunci aș avea un scop."

"Un scop?" a exclamat Rocky. "Tu numești a fi strivit și a fi călcat de vehicule în fiecare zi și în fiecare noapte un scop?".

"E mai bine decât să stăm aici, doar noi trei pentru totdeauna. M-am săturat de vânt și de ploaie și de toate celelalte", a spus Craggy.

"Ei bine, dacă ești atât de dornic", a spus Pebbles, "atunci tot ce trebuie să faci este să te rostogolești de pe margine. Ai cădea direct în partea din spate a camionului de jos și ai pleca împreună cu restul prietenilor noștri."

"Oh, e prea departe", a spus Rocky în timp ce se rostogolea un pic mai aproape de margine. "Chiar vrei să ne părăsești, atât de mult? Nu-ți poți găsi un scop, rămânând aici cu noi? Noi avem nevoie de tine. Ești mai în vârstă și mai înțelept."

Craggy s-a apropiat de margine și a aruncat o privire peste margine. Era adevărat, camionul era chiar acolo. Câteva perle de transpirație se scurgeau. Fie erau perle de sudoare, fie lacrimi.

"E un drum îngrozitor de lung până jos", a spus Craggy. "Și n-ar fi corect din partea mea să vă las singuri pe voi doi, tineri."

Pebbles a spus: "Și dacă ați ratat camionul și v-ați făcut bucăți acolo jos! Noi am fi aici sus, cu priveliștea asta minunată, iar voi ați fi acolo jos singuri."

"În plus", a spus Rocky, "s-ar putea să se întoarcă după noi într-o zi. Între timp, putem să stăm de vorbă și să ne bucurăm de priveliște și de aerul proaspăt."

Sub ei, camionul a repornit.
CHUGGA CHUGGA CHUGGA VROOM, VROOM.

"E acum sau niciodată", a spus Craggy, în timp ce camionul se îndepărta.

"Cel puțin suntem împreună", a spus Rocky.

"Cei trei bolovani se înghesuiau umăr lângă umăr. S-au întors cu spatele la vânt, au respirat aerul proaspăt și au privit priveliștea minunată a soarelui care apunea la orizont.

"Morala poveștii este", a început Charles...

Acestea au fost ultimele cuvinte pe care le-a auzit E-Z înainte de a se întoarce din nou în silozul blestemat.

CAPITOLUL 13

SILO

"Bine ai revenit!", a spus vocea din perete cu o exuberanță care a făcut ca umerii lui E-Z să se încordeze de parcă cineva stătea pe ei. Reticent în a răspunde, el și-a rostogolit umerii mai întâi în față, apoi înapoi, sperând să reducă tensiunea.

"DOT. DOT", a spus o a doua voce din perete, dar de data aceasta vocea era mai liniștită, aproape o șoaptă.

A deschis gura pentru a răspunde, dar nu i-a venit nimic în minte, așa că a rămas tăcut, în afară de pocnetul degetelor, care spera că îi va ușura corpul încordat.

Prima voce, cu un ton mai liniștitor, a întrebat: "Văd că te simți încordat, îngrijorat. Pot să-ți ofer ceva ca să treacă timpul în timpul așteptării tale? O băutură? O carte? O călătorie în mintea dumneavoastră?".

Era foarte perspicace pentru o voce din perete, iar acest lucru l-a ajutat să se relaxeze puțin, însă nu era prea dornic să accepte oferta ei neavând nicio idee despre ce ar implica o călătorie în minte.

"Văd că ești ezitant..."

S-a așezat drept și înalt pe scaunul său și a bătut cu degetele pe brațe ca și cum ar fi cântat pe piesa Smoke on the Water a lui Deep Purple. El și tatăl său se duelaseră cu ea pe o versiune învechită de Guitar Hero și se distraseră de minune. Amintindu-și acum acel moment, îl făcea să se slmtă ca și cum tatăl său ar fi fost în siloz cu el.

"Ești sigur că nu vrei o călătorie în mintea ta?", a întrebat din nou femeia din perete. "O să te distrezi de minune!"

O explozie. Tocmai folosise acest cuvânt în minte pentru a descrie Guitar Hero-ing cu tatăl său. Fără îndoială că femeia din perete îi putea citi gândurile.

"Uh, ce anume este?", a întrebat el. "Nu zic că vreau să încerc, nu până nu știu mai multe despre ce presupune."

"De ce, este un loc unde te pot trimite. Un loc special unde poți trăi un vis."

Părea de necrezut... și înainte ca el să poată răspunde...

DUH DUH DUH DUH DUH,

DUH DUH DUH DUH DUH DUH

DUH DUH DUH DUH DUH

DUH DUH DUH.

Era pe scenă, cântând la chitară solo, cu o trupă pe care a recunoscut-o imediat ca fiind Deep Purple original.

Solistul, care părăsise trupa, dar care a cântat la chitara principală originală pe Smoke in the Water nu părea să se supere că E-Z își juca acum rolul și nici nu se descurca rău. Cântărețul i-a ridicat degetul mare în sus, apoi a traversat scena până la locul unde E-Z stătea în scaunul cu rotile. Împreună au cântat câteva riff-uri în timp ce publicul striga, aplauda și aplauda. Următorul lucru pe care l-a știut a fost că se afla din nou în siloz, dar senzația de tensiune pe care o experimentase anterior dispăruse acum complet.

"Vă mulțumesc! Uh, a fost al naibii de fantastic! Nici nu vă pot spune cât de mult a însemnat pentru mine. Nu voi uita niciodată. Niciodată!" A ezitat și s-a gândit că singurul lucru care ar fi făcut-o mai bine ar fi fost ca tatăl său să fie acolo pe scenă cu el.

"Îmi pare rău că nu l-am putut include pe tatăl tău... dar a fost doar o avanpremieră. Și ești foarte binevenit. Acum, stai liniștit. Timpul de așteptare este de un minut."

"Cred că atunci adevăratul lucru m-ar da pe spate!" a spus E-Z, în timp ce și-a lăsat capul pe spate și a retrăit din nou experiența, simțindu-se deja atât de complet relaxat, încât ar fi putut să tragă un pui de somn.

PFFT.

Mirosul de data aceasta era diferit, mentă și altceva pe care nu putea să îl identifice.

"Este rozmarin", a spus vocea din perete.

"Destul de revigorant". Avea ochii închiși și plutea în derivă în mintea lui, când acoperișul de deasupra capului lui a cascau deschis. A scuturat din cap și a deschis ochii, în pregătirea pentru ceea ce avea să vină.

Raze de lumină au străbătut containerul metalic, ricoșând și ricoșând de la un perete la altul. Și-a acoperit ochii, pentru a-i proteja de spectacolul tulburător de lumină conținută. Când luminile care ricoșau au luat sfârșit, o siluetă a intrat prin acoperișul deschis. Ce intrare a făcut. Era Raphael.

"Uh, bună ziua", a spus el. "A fost o intrare pe cinste."

"Am fost promovat", a recunoscut arhanghelul, "și este nevoie de o anumită cantitate de înflorire. Poate că, în acest caz, un pic exagerat, dar este o promovare relativ nouă. Toate promovările au o curbă de învățare."

"Felicitări pentru promovare".

"Mulțumesc, acum hai să trecem la treaba de ce ești aici."

"Sigur."

E-Z a așteptat cu răbdare ca Raphael să vorbească din nou, dar de ceva vreme nu a făcut-o. În schimb, ea a zburat, ca o pasăre care își testa aripile pentru prima dată. Oare se dădea mare? Dacă da, de ce? Apoi a văzut-o. Purta o pereche de ochelari nou-nouți. Aceștia erau mai mari, cu un aspect mai deosebit, cu rame mai mari și lentile mai groase și o făceau să arate ca o versiune feminină a domnului McGoo.

"Uh, frumoși ochelari", a mințit el.

"Nu au fost prima mea alegere", a recunoscut Raphael, "dar va trebui să fie de ajuns". Ea s-a apropiat de locul în care el era așezat și a plutit. "Așa se pare." Ea s-a oprit și s-a mișcat inconfortabil.

SKIDOO

A sosit un scaun, pe care s-a așezat pentru o secundă.

SKIDOO

Și a dispărut. A plutit din nou. Și-a așezat palma deschisă pe o parte a feței. "Câteva lucruri ne-au fost aduse la cunoștință. Nu mă refer la asta în sensul regal, ci ca la toți arhanghelii."

"Cum ar fi?"

Din nou, ea s-a agitat.

"Să-i cer peretelui să pulverizeze niște lavandă pentru a te relaxa? Pari destul de încordată."

Apoi a fost în fața lui țipând: "LAVANDA NU FUNCȚIONEAZĂ PE ARHANGELI! Este o substanță josnică, umană..." A respirat adânc. "Îmi pare foarte rău."

"Nu-i nimic. Înțeleg, ai vești proaste să-mi spui. E mai bine să smulgi bandajul. Ce vreau să spun, spune-mi direct."

"Foarte bine. Uite așa."

E-Z s-a aplecat mai aproape: "Bine, trage."

Din difuzoarele din perete a răsunat un cântec, ceva despre împușcarea unui șerif.

La început a fredonat, "Oprește-te!". a ordonat E-Z. "Și spune-mi de ce mă aflu aici."

"Vrea să treacă direct la afaceri", și-a spus Raphael. "Ei bine, atunci, iată. O să trec direct la subiect."

"Bine, așa să faci." a spus E-Z, dorindu-și ca ea să o facă.

"Pe scurt", a spus ea, "Eriel a fost prins în flagrant delict - jucând pentru ambele tabere."

"Jucând ce?" Apoi ceva în mintea lui s-a răsucit. "Nu, nu poți să spui că ne-a trădat?".

Ea și-a bătut degetul osos pe bărbie, în timp ce E-Z își deschidea și închidea gura ca un peștișor din apă.

"Ba da. Eriel a fost personal responsabil pentru dispariția prietenei tale Rosalie. De asemenea, el a fost responsabil pentru distrugerea Camerei Albe. Tot el. Tot Eriel."

E-Z a asimilat totul. Săraca Rosalie. "Stai! Nu lucra pentru tine? Adică, nu erai tu șeful lui? Cum s-a putut întâmpla așa ceva sub supravegherea ta? Am citit câte ceva despre arhangheli, dar să trădezi niște copii care se oferă voluntari să te ajute este cel mai josnic lucru pe care îl poți face. Cred că leoparzii nu-și schimbă petele."

"Nu eu mă ocupam de Eriel. El și cu mine eram colegi, tovarăși. Lucram împreună și cred că ne respectam unul pe celălalt. M-am înșelat."

"Și totuși, ai fost promovat."

"Am fost, dar cele două lucruri nu erau direct legate. Tot ce pot să vă spun este că Eriel a fost cândva unul dintre noi, acum nu mai este. După ce ne-a trădat pe noi, și pe tine. După ce a întors spatele principiilor sale - tot ceea ce reprezentăm noi - a ieșit. Vreau să spun definitiv."

E-Z a gâfâit. "Vrei să-mi spui că Eriel ne-a expus? Prin noi, mă refer la mine și la echipa mea?"

"Michael, care este liderul nostru, l-a interogat pe Eriel. A fost nevoie de ceva efort pentru a-l face să vorbească. Dar a mărturisit că le-a adus pe Furiile înapoi pe Pământ. Că le-a folosit pentru a-și promova postul. Nu există nicio răscumpărare. Nu există iertare pentru Eriel."

"Sunt fără cuvinte. Cum s-a întâmplat asta?"

"Cum?" "Dacă am ști cum, atunci am ști de ce - ceea ce nu știm. Ceea ce știm este că el este Eriel și Eriel face întotdeauna ceea ce este mai bine pentru Eriel. Știam că are probleme, și totuși, am continuat să-i dăm ocazii de a se dovedi pe sine - și când ne-a dezamăgit - l-am iertat și i-am dat încă o șansă și încă o șansă. Am continuat să credem în el până acum. El este terminat. S-a terminat."

"S-a terminat? Vrei să spui mort? Arhanghelii mor? Și de ce i-ai dat atâtea șanse? Nu știi cum se spune, trei lovituri și ești eliminat?"

"Da, am auzit această terminologie din baseball, dar noi suntem arhangheli și se așteaptă ca toți să dăm greș sau să recidivăm la un anumit nivel. Și ai dreptate în legătură cu incidentul din Grădina Edenului. Istoria noastră merge cu mult în urmă... dar credeam că ne descurcăm mai bine, că ne îmbunătățim. Eu însumi sunt Sfântul Patron al tinerilor, ca tine și prietenii tăi.

"De aceea am sugerat să lucrăm cu voi pentru a învinge acele Furii oribile. De ce, Eriel a fost cel care m-a încurajat să fac asta. El este cel care te-a descoperit. Cel care i-a trimis pe Hadz și Reiki la voi. Până la sosirea acelor surori oribile, noi adăugam ceva pozitiv în viețile voastre... Vă dădeam un scop. Îți amintești momentele în care voiai să renunți? Nu ați făcut-o pentru că noi v-am ajutat să continuați."

"Bine, înțeleg că Eriel este o persoană rea. Ce înseamnă asta pentru mine și pentru echipa mea? Din punctul meu de vedere, misiunea noastră a fost compromisă. Așa că am ieșit din joc și cred că ar trebui să treceți la planul B."

"Problema este că", a spus Raphael, apoi s-a oprit, când tavanul de deasupra s-a redeschis și Ophaniel a sosit fără nicio înflorire în timp ce plutea în jos spre ei.

"Nu ne-am văzut de mult", a spus Ophaniel adresându-se lui E-Z. Apoi către Raphael: "Este la zi?".

"Da, este. Și sunt sigur că mă bucur că ești aici, pentru că vrea să știe care este planul nostru B."

Ophaniel a dat din cap. "Foarte bine. Ca să o spun cât se poate de clar, nu avem un Plan B sau C sau D - pentru că tu și echipa ta ați fost toate Planurile noastre adunate într-unul singur."

E-Z a clătinat din cap cu neîncredere. "Voi, arhanghelii, n-ați auzit expresia: "Nu-ți pune toate ouăle într-un singur coș"?".

Ophaniel a râs. "Da, originea ei este de la personajul lui Cervantes, Don Quijote, dar niciodată nu a avut sens pentru mine. Posibil pentru că noi, arhanghelii, nu mâncăm ouă. Simplul gând la jugul lor gelatinos - bleah - mă face să vreau să vomit."

"Și mie", a spus Raphael, acoperindu-și gura cu dosul mâinii. "În afară de aspectul lor dezgustător, de ce ar pune cineva ouăle într-un coș, de fapt? De ce nu într-un castron? Dacă pregătești ouă..."

"De acord", a spus Ophaniel. "L-am văzut pe Jamie Oliver pregătind o omletă. Folosește mai întâi un bol, apoi le gătește."

"Oh, frate și nu pot să cred că voi, arhanghelii, vă uitați la televizor, darămite la Jamie Oliver." El a dat din cap. "Înseamnă că dacă pui toate ouăle laolaltă, într-un singur loc - cum ar fi un coș sau un castron sau o tigaie sau ce preferi - dacă scapi coșul sau castronul sau tigaia - atunci toate ouăle se vor sparge și se vor strica din cauza cojilor - așa că nu vei avea ouă la micul dejun."

"Dar găinile nu fac ouă în fiecare zi? Așa că, dacă nu primești ouă astăzi, nu trebuie decât să te întorci mâine", a spus Ophaniel.

"Ce înseamnă o zi fără un ou?". a întrebat Raphael.

E-Z a deschis mâna și și-a dat cu ea peste cap. "Argghh!" Arhanghelii s-au uitat la el și au așteptat în timp ce el a inspirat foarte adânc, apoi a expirat foarte tare. "Ce vom face în legătură cu această situație Eriel?".

"În primul rând", a spus Ophaniel, "aici, întorcându-se la voi astăzi, la cererea voastră specială, sunt, toboșar - cei doi prieteni ai voștri..."

POP

POP

Au sosit Hadz și Reiki, sau ceea ce semăna cu cei doi îngeri aspiranți. Erau înnegriți de funingine, din cap până în picioare. Petalele lor erau strâmbe, rupte, unele erau deschise și ridicate, altele erau moarte și ofilite. Aripile lor erau căzute, de parcă ar fi uitat cum să zboare sau nu mai aveau voință să o facă, iar fețele lor, expresia de pe fețele lor era una de disperare extremă.

"C-ce s-a întâmplat cu ei?", a întrebat el.

Ophaniel s-a apropiat mai mult de cei doi aspiranți la îngerii dispăruți, iar aceștia s-au dat înapoi.

"Sunteți în siguranță acum", a spus Raphael, cu o voce maternă și blândă, ceea ce i-a făcut să izbucnească în plâns, care s-a transformat în jale.

Ophaniel și-a acoperit urechile, apoi s-a apropiat de E-Z și i-a șoptit. "Eriel i-a întemnițat. Ne-a luat ceva timp să le găsim de data asta. Bieții de ei nu s-au putut abține pentru că el i-a deposedat de puteri."

"Săracii de ei", a spus E-Z.

E-Z, Ophaniel și Raphael s-au întors spre creaturi. Hadz și Reiki au încercat să zâmbească. Nici măcar nu s-au apropiat.

Cei doi se zbăteau, de parcă se apărau de o haită de vulturi.

"Stați liniștiți", a spus Ophaniel.

Hadz și Reiki au încetat să se mai miște. Acum stăteau ca o pereche de păpuși murdare, cu ochii fixați la nimic și la nimeni. Erau o umbră a ceea ce fuseseră.

"Nu vreau să fiu nepoliticos", a șoptit E-Z, "dar în starea lor actuală, nu ne vor fi de mare ajutor. Asta dacă ne poți convinge să mergem mai departe cu acest plan în aceste condiții."

Cuvintele lui E-Z i-au lovit pe cei doi doritori de îngeri ca o palmă peste față.

POP

POP

"Ce cruzime foarte nepoliticoasă și inutilă!" a certat Ophaniel înainte de a dispărea.

ZAP

"Ne-ai arătat o latură foarte crudă a caracterului tău E-Z Dickens și dacă mama și tatăl tău ar fi aici, le-ar fi rușine cu tine."

"Îmi pare rău", a spus E-Z, "dar să nu-mi vorbești niciodată despre părinții mei. Pentru voi, arhanghelii, ei sunt în afara limitelor. Ați înțeles?"

Raphael a dat din cap.

"În plus, nu am vrut să le rănesc sentimentele. Bineînțeles că ne putem folosi de ei. Dacă va trebui să ne luptăm cu The Furies, atunci vom avea nevoie de tot ajutorul pe care îl putem primi. Întoarceți-vă, vă rog, Hadz și Reiki. Mai dați-mi o șansă."

Nimic.

E-Z a încercat din nou. "Întoarceți-vă și veți fi membri foarte bineveniți în echipa noastră."

POP

POP

Cei doi erau acum curați și ordonați ca odinioară.

"Bine ați revenit", a spus E-Z.

Hadz și Reiki au zburat spre el. Fiecare a luat loc pe unul dintre umerii lui. Tremurau, involuntar, speriați de propriile umbre.

"Va fi bine", a spus el. "O să vă asigurăm spatele, acum că faceți parte din echipa noastră".

Au încercat să zâmbească, iar el a apreciat efortul.

"Deci", a spus E-Z, "ce anume le-a spus Eriel Furiei despre noi?".

"Le-a spus că trimitem copii pentru a le învinge - asta e tot."

"Asta v-a spus? De unde știm că nu minte? Și cum aflăm care este scopul final al Furiilor?"

"Credem că știm că scopul final al Furiilor și al lui Eriel era să controleze Pământul. Aveau de gând să lovească PAUZĂ PE PĂMÂNT și să-l transforme în Noul Hades, adică în iadul pe pământ. Unde ar putea conduce, formând o echipă de suflete care să fie la mila lor. Da, ar fi lăsat sufletele să umble liber, dar odată ce ar fi avut libertatea - ar fi trebuit să renunțe la ea."

"De ce ar fi de acord să renunțe la ea?", a întrebat el.

"Pentru că oamenii, chiar și sufletele umane nu pot procesa conceptul de libertate. În schimb, ei preferă să fie constrânși. Lipsa de libertate este pătura de siguranță a oamenilor."

"Asta e o minciună", a spus E-Z. "Mă face să mă înfurii atât de tare! Noi, oamenii, ne putem aprecia libertatea. Ne place natura, să putem respira aerul, să ne împărtășim gândurile și sentimentele cu ceilalți, să apreciem lumea și tot ce avem în ea."

"Suficient de supărat încât să lupți pentru libertatea ta și pentru libertatea altora?" a spus Ophaniel.

E-Z nici măcar nu observase că se întorsese.

"Da", a spus el. "Dar spune-mi, în această nouă lume a lor, ei ar alege doar sufletele pe care le-ar putea controla. Ce s-ar întâmpla cu ceilalți?"

"Ar pluti pentru totdeauna, fără case", a spus Raphael. "În această nouă lume a lor, viața de apoi ar fi eliminată. Pământul ar fi pentru totdeauna în stare de pauză. Sufletele ar rămâne în trupuri care nu ar mai fi vii și nici nu ar mai fi moarte. Nu ar mai bate nicio inimă. Nu s-ar mai fi născut nici dragoste, nici copii. Nici suflete care să se înalțe - nu mai există - niciodată."

E-Z a rămas tăcut, gândindu-se, asimilând totul.

Vocea din perete a întrebat: "Dorește cineva o răcoritoare?".

"Nu, mulțumesc", a spus el, dar s-a bucurat de întrerupere, deoarece l-a readus la momentul respectiv. "Înțeleg pentru ce se folosea Eriel de Furii. Cert este că el este un arhanghel ca și tine și știai că are probleme, totuși i-ai dat șansă după șansă chiar și atunci când nu o merita. Așa că, acum mă întreb de ce noi, eu și echipa mea, ar trebui să reparăm ceea ce unul dintre arhanghelii tăi a stricat?".

"Pentru că..." a început Raphael.

"Nu terminasem încă", a spus E-Z, "înainte ca atunci când tu și Eriel mi-ați vizitat casa, când a cunoscut familia mea și pe ceilalți membri ai echipei, am crezut că este de partea noastră. A văzut unde locuim. Știe totul despre noi. Suntem în mare pericol din cauza lui".

"Este adevărat", a spus Ophaniel.

"De necontestat și ne pare foarte rău", a spus Raphael.

"Spune-i lui Eriel să-i cheme. El a creat această mizerie și ar trebui să o repare." Și-a trântit pumnii închiși pe brațele scaunului, făcându-i pe Hadz și Reiki să sară și să tremure. I-a mângâiat pe cap pe îngerii aspiranți. "Este în regulă, îmi pare rău că v-am supărat."

"Bravo!" a aplaudat Hadz.

"Ura!" a strigat Reiki.

Raphael și Ophaniel au spus la unison: "Eriel este constrâns adânc în măruntaiele pământului. El se află într-un loc în care niciun om nu ar trebui să îndrăznească să meargă. Pe scurt, el nu poate fi atins."

"Dar noi am scăpat din mine, odată", a spus Reiki.

"De două ori", a spus Hadz.

"El nu este în mine, este în alt loc, mai jos, nu atât de jos ca în focuri, dar într-un alt loc unde este atât de frig încât totul se transformă în gheață, chiar și sângele care curge prin vene. Un loc în care niciun om nu ar putea supraviețui!

"Eriel este de asemenea lipsit de puteri acolo, de vreme ce ale lui au fost înlăturate. El este sub cheie, nu vede pe nimeni. Nu aude nimic. Nu i se va permite niciodată să iasă din acel loc - NICIODATĂ."

"Vreau să vorbesc cu el", a spus E-Z. "Trebuie să-i pun întrebări - întrebări la care numai el poate răspunde."

Raphael și Ophaniel au strigat: "Nu puteți! Nu trebuie!"

"Atunci îmi retrag sprijinul echipei mele. Vă rog să mă întoarceți la casa mea. Haruto șl cellalți se pot întoarce la familiile lor." S-a oprit din vorbit când în mintea lui a trecut o imagine cu PJ și Arden. Dacă nu făcea nimic, ar fi rămas blocați în comă, poate pentru totdeauna.

Și-a amintit de toate momentele în care îl ajutaseră. Prima lui zi de întoarcere la școală într-un scaun cu rotile. Momentul în care l-au reintrodus în jocul de baseball - i-au adus pe toți băieții din echipă pe teren pentru a-l saluta. Când l-au ajutat să treacă peste toate atunci când i-au murit părinții. O lacrimă i-a căzut pe obraz. A șters-o.

"Luați-l!", a tunat o voce din perete.

Apoi a devenit brusc foarte, foarte rece. Atât de rece încât și-a imaginat că poate simți cu adevărat cum sângele din venele lui se transformă în gheață.

CAPITOLUL 14
ERIEL PE GHEAȚĂ

Singură. Atât de singur. Și atât de rece, atât de foarte, foarte, foarte rece. Era ca și cum ar fi fost în interiorul unui cub de gheață golit. Când a inspirat, gheața i-a umplut plămânii.

S-a dus la margine. A respirat în el. S-a încețoșat. Nu era un cub de gheață, ci un cub de sticlă. Și avea un mâner. Părea făcut din medalie. Temându-se că pielea i se va lipi de el, și-a folosit cămașa și l-a deschis.

Ceea ce se afla înăuntru era o colecție de pături călduroase, plapume, cardigane, căciuli, mănuși - tot tacâmul. A băgat mâna înăuntru și s-a îmbrăcat în straturi.

În timp ce-și băga brațele în cardigan, mintea i-a zburat înapoi la momentul în care tatăl său purta un pulover asemănător într-o excursie la schi. Era verde, ca și acesta, și, pe dinafară, părea zgâriat la atingere, dar, pe dinăuntru, era cald ca pâinea prăjită. În timp ce îl trăgea în jurul lui și îl încheia în față, mirosul de stejar al loțiunii de bărbierit preferate a tatălui său i-a umplut nările. a simțit mirosul loțiunii de bărbierit a tatălui său în el. O puternică senzație de déjà vu l-a copleșit, când și-a băgat degetele într-o pereche de mănuși de catifea neagră - mănuși care, jura el, îi aparținuseră tatălui său. Nu puteau fi însă, deoarece totul fusese distrus în incendiu. Și-a înfășurat brațele în jurul lui, încercând să se încălzească. Gândindu-se că frigul pusese stăpânire pe trupul și mintea lui.

A dat la o parte alte obiecte, descoperind o pătură pe fundul cutiei, pe care a recunoscut-o imediat. Tricotată de mână, de mama lui, pe canapea, noapte de noapte, iar când a fost terminată, și-a ocupat locul - pe spătarul canapelei din piele. Pentru serile de film și pentru a-și acoperi ochii dacă se întâmpla ceva înfricoșător.

Și-a scos mănușile și a atins-o, ca să vadă dacă era reală, apoi a frecat-o de obraz. Mirosul înflorit al parfumului mamei sale a ajuns până la el, l-a liniștit. O lacrimă i-a curs pe obraz, în timp ce și-a pus din nou mănușile, apoi a înfășurat pătura mamei sale în jurul cardiganului tatălui său. A purtat pătura ca pe o glugă și a privit împrejurimile.

Deasupra capului său, dar îndreptate în jos, cu țepușele lor ascuțite, se aflau stalactite din gheață de toate mărimile și formele. Dacă una dintre ele ar fi căzut, i-ar fi străpuns vârful craniului și ar fi continuat prin el până la degetele de la picioare. Și-ar fi dorit să aibă o pălărie de construcții -

BINGO

Și o cască de construcții galbenă îi apăru pe cap, apoi alta și încă una și încă una și încă una. Se simțea ca Curiosul George și zâmbi. Acum era pregătit pentru orice.

A căutat o ușă, îndreptându-se cu pași mari de-a lungul pereților cubului. Nu se vedea niciun mâner. În ce fel de închisoare îl aruncaseră?

În sfârșit, a găsit marginile, în centrul peretelui din dreapta. Și-a scos o mănușă și și-a folosit unghia pentru a zgâria suprafața a ceea ce a descoperit curând că era o fereastră. Ceea ce a văzut, nu l-a făcut să se simtă mai puțin neliniștit. Cubul său era unul dintre multele care se întindeau de-a lungul tunelului cât vedeai cu ochii. Niciun ocupant nu era vizibil în spatele propriilor cuburi cu geamuri de sticlă.

A suflat pe geam și a scris cuvântul "AJUTOR!" scris invers, în caz că îl vedea cineva. Apoi l-a șters repede, amintindu-și pe cine venise să vadă: Eriel.

E-Z s-a deplasat de-a lungul părții din față a cubului, până în partea îndepărtată și a găsit din nou un cadru despre care era sigur că era o fereastră. A răzuit suprafața și în curând a găsit pe cine căuta: pe trădător.

Arhanghelul cândva puternic arăta jalnic, de parcă cineva îl înțepase cu un ac și îi dăduse drumul la tot aerul. Trupul său era fixat de perete. La început, E-Z a crezut că era ținut pe loc de gravitație sau de un fel de forță invizibilă, dar apoi și-a dat seama, la o inspecție mai atentă, că întregul corp al lui Eriel era cuprins într-un bloc gros de gheață. Cubul lui Eriel fusese modelat pe corpul său, prin urmare apa de gheață umplea fiecare colțișor al formei sale și el, spre deosebire de E-Z, nu avea acces la pături.

CLANK. CLANK. CLANK.

E-Z și-a întors gâtul spre stânga când a auzit sunetul unor pași reverberând. Simțea că lucrul se apropia, dar nu-l putea vedea.

CLANK. CLANK. CLANK.

E-Z și-a scuturat capul. Trebuia să se concentreze, să rămână în acest moment, și totuși, avea o altă senzație ciudată de déjà vu.

Mintea îi zbura înapoi la visul, pe care îl avusese cu ceva timp în urmă, despre o petrecere de aniversare cu PJ și Arden. În acel vis, sosise o siluetă cu glugă, scoțând un sunet asemănător. Visul fusese despre găsirea unei șepci de baseball dispărute.

Pe măsură ce sunetul devenea asurzitor, el a zărit figura, care era un războinic, mai mare decât viața, cu aripi de mărimea a doi arțari adulți. Într-o mână, arhanghelul purta un scut de aur, iar în cealaltă o sabie. E-Z și-a protejat ochii în timp ce lumina lovea în învelișul sabiei.

CLANK. CLANK. CLANK.

Arhanghelul războinic s-a oprit în fața lui Eriel, care nu și-a ridicat ochii pentru a întâlni privirea noului venit.

Până să se oprească, E-Z nu observase aripile uriașe ale arhanghelului, care, în timp ce mergea, fuseseră în repaus. Acum, războinicul se ridicase, astfel încât fețele lui și ale lui Eriel să fie la același nivel.

"Aveți un vizitator", a spus el.

Ochii lui Eriel au rămas coborâți.

"Ochii tăi nu mă păcălesc", a spus războinicul. "Te-ai făcut de rușine. Ne-ai făcut de rușine pe toți - și totuși, nu-ți pare rău și nu te căiești. Vorbește cu mine. Spune-mi de ce ar trebui să-ți permit să ai un vizitator."

Eriel a continuat să se uite la podea, în timp ce mormăia ceva inaudibil.

"Vorbește!", a cerut războinicul.

"Mă căiesc!" a vomitat Eriel. "Mă căiesc că nu am reușit să..."

"Liniște!", a cerut războinicul.

CLANK. CLANK. CLANK.

Acum războinicul se afla de cealaltă parte a geamului, față în față cu E-Z.

"Eu sunt Michael", a spus el.

"Uh, bună, eu sunt E-Z." Îi cunoștea vocea bărbatului. El fusese cel care le ordonase lui Raphael și lui Ophaniel să-l lase să vorbească cu Eriel.

"Ridică-te", a spus Michael.

"Nu pot să merg", a spus el.

"Poți dacă îți spun eu", a dezvăluit Michael, "și așa spun eu. Ridică-te E-Z Dickens!"

E-Z se simțea ca unul dintre cei care se pregătesc să fie vindecați la o slujbă la televizor. Cu reticență, s-a ridicat de pe scaun. Picioarele i s-au clătinat puțin, mai mult de frică decât de neîncredere. La urma urmei, Mihail era cel mai puternic arhanghel. Câteva secunde mai târziu, E-Z stătea în picioare în interiorul zidului de gheață.

"Ați cerut să vorbiți cu, acel lucru, acel lucru căzut de acolo, de pe perete. El nu te va ajuta, deoarece este putred până în măduva oaselor. Și totuși, el TREBUIE să vă ajute. Ar TREBUI să ne ajute pe toți, pentru a se salva pe sine însuși de la transformarea într-o sculptură de gheață - o instalație permanentă a acestui loc."

Cu fiecare cuvânt rostit, vocea lui Michael îl făcea pe E-Z să se simtă mai puternic, și mai încrezător.

Eriel și-a ridicat ochii.

Pentru o secundă, E-Z a întrezărit ceva acolo. Să fi fost oare înfrângerea? Era oare remușcare?

Eriel a închis ochii în timp ce trupul său a devenit moale în închisoarea de gheață care îl ținea.

"Cred că a leșinat", a spus E-Z.

CLANK. CLANK. CLANK.

Michael s-a întors pentru a se uita mai atent la închisoarea lui de gheață. Un șarpe a alunecat din vârful cizmei sale și a început să se târască spre fața lui Eriel. Lucrul se târa în sus, în sus, cu limba sa bifurcată care se mișca înainte și înapoi ca și cum ar fi fost flămând de sânge.

Michael a spus: "Corpul prietenului meu își topește drumul spre fața ta, Eriel. Nu ai de gând să deschizi ochii și să mă saluți?".

Eriel a deschis într-adevăr ochii și, văzând șarpele făcându-și drum pe corpul lui, a scos un țipăt.

"GARUUUUUUUUUUUUUUUMMMMMMMM!"

Michael a pocnit din degete și șarpele a încetat mișcarea. Folosindu-se de unghia lui, Michael a răzuit gheața. În interiorul acesteia, corpul lui Eriel a vibrat. Ca și cum ar fi fost electrocutat.

"MMMMM,hhhhh,MMMMMMMMM!"

"Opriți-vă!" a strigat E-Z acoperindu-și urechile. "Te rog!"

Michael a încetat să mai scarpine. Și-a ridicat brațul, iar șarpele s-a înfășurat și s-a strecurat înapoi în interiorul bocancului său.

"Băiatul ăsta îți arată milă, Eriel. Este mai mult decât meriți."

Eriel a continuat să gemă de disperare.

Michael a continuat, întorcându-se spre E-Z: "Vă voi acorda cinci minute pentru a-i pune lui Eriel orice întrebare aveți."

Apoi către Eriel: "Te putem obliga să vorbești cu el, dar aș prefera, dacă ai alege să-l ajuți din proprie inițiativă. Cândva, odată, ai ales să salvezi viața acestui tânăr băiat. El, la rândul său, și-a plătit datoria. Acum, ne-ai trădat și trebuie să ne recâștigi încrederea."

Michael și-a ridicat piciorul și a lovit cu piciorul structura de gheață în care era înglobat Eriel. Aceasta s-a scuturat, dar nu s-a crăpat sau s-a sfărâmat.

"Mă dezgustă! Te aștepți ca acest băiat uman să-ți repare greșelile. Să-ți îndrepte, de fapt, greșelile. Totuși, el vrea să-ți dea o șansă să răspunzi la întrebările lui. Așa că, ajută-l. Aceasta este singura ta șansă, singura ta oportunitate de a ne dovedi că încă mai ai ceva în tine care merită salvat. O parte din tine care încă nu s-a transformat în putreziciune până în măduva oaselor."

Eriel și-a ridicat ochii: "Sire." I-a coborât din nou.

"Poți fi iertat, dar dacă alegi să nu-l ajuți - lipsa ta de cooperare va fi notată în mod corespunzător."

Ochii lui Eriel au rămas concentrați pe podea.

"Ai înțeles?" a întrebat Michael. Când Eriel nu a răspuns, vocea lui Michael a tunat cu: "ÎNȚELEGI?".

Lui E-Z i s-a părut că gheața din jurul lui se scutură și tremură la auzul vocii lui Michael și a fost din nou recunoscător pentru toate căștile care îi protejau craniul. Spera că vor fi suficiente, altfel ar fi fost îngropat în acest loc cu Eriel și Michael pentru totdeauna și nu l-ar mai fi văzut niciodată pe Unchiul Sam, sau pe prietenii lui.

Eriel a dat din cap.

"Cinci minute", a spus Michael.

CLANK. CLANK. CLANK.

Și a dispărut.

El și Eriel erau singuri.

E-Z s-a apropiat mai mult de Eriel și a întrebat: "Cum putem să le învingem pe Furii?".

Eriel a deschis gura să vorbească, dar nu a spus nimic. Și-a închis ochii.

"Te rog", a implorat E-Z. "Te rog să ne ajuți."

CLANK. CLANK. CLANK.

Michael se întorsese deja. Nu puteau să fi trecut cinci minute - nu încă. Nu învățase nimic, absolut nimic de la Eriel.

Eriel, cu dinții încleștați și clănțănind, a șoptit trei cuvinte: "Folosește ochelarii lui Raphael."

"Ce?" a țipat E-Z, lovindu-se cu pumnii de peretele de gheață. "Cum?"

Următorul lucru pe care l-a știut a fost că se afla din nou în ușa bucătăriei. Nu mai purta hainele părinților săi, dar mirosurile combinate ale loțiunii de bărbierit a tatălui său și ale parfumului mamei sale persistau. S-a îmbrățișat și a ascultat cum Charles îi explica morala poveștii sale.

"Morala poveștii mele", a spus Charles, "este că totul este mai bun atunci când ai prieteni cu care să-l împarți."

"Oh", a spus E-Z, când Samantha a anunțat că micul dejun era servit.

"Aliniați-vă aici. Luați o farfurie, un șervețel și tacâmuri. Servește-te singur", a spus ea. "Este un smorgasbord."

Sobo i-a spus: "Sumogasubodo!" lui Haruto, care a guițat de încântare.

"Am făcut niște sushi", a spus Samantha. "A fost pentru prima dată."

Sobo a dat din cap: "Mulțumesc, dar data viitoare lasă-mă să te ajut."

Samantha a dat din cap: "Ar fi minunat".

E-Z și-a mutat scaunul în față.

Unchiul Sam a șoptit mergând alături de el: "Unde ai plecat? Adică erai acolo, și scaunul tău era acolo, dar și tu erai în altă parte, nu-i așa?".

"Uh, da, o să vă explic mai târziu. Am nevoie de timp pentru a procesa tot ce s-a întâmplat. Dă-mi câteva minute. Oh, și apropo, mulțumesc."

"Pentru ce?" a întrebat Sam.

"Pentru micul dejun, a fost ca pe vremuri. A fost distractiv."

"Să ne asigurăm că o vom face din nou în curând."

"Cu siguranță", a spus el în timp ce se îndrepta spre camera lui.

CAPITOLUL 15
CASĂ DULCE CASĂ

ACUM, SINGURI, SE SIMȚEAU bine să știe că Eriel nu mai reprezenta o amenințare fizică pentru ei. Fusese incapacitat datorită lui Michael, dar numai după ce îi trădase pe toți.

Eriel mersese mult prea departe, dar de ce? De ce și-ar fi trădat propria specie? Știind foarte bine că Michael era mai puternic decât el. Nu avea niciun sens.

POP.

POP.

"Bine ai venit acasă!", a spus el.

Hadz și Reiki au aterizat în fața lui pe pat: "Mulțumesc, E-Z. Întotdeauna ne tratezi cu amabilitate".

"Îmi pare rău că Eriel s-a purtat atât de urât cu tine. Este bine că este închis acum. Este ceea ce merită."

"Ce părere ai avut despre ei?" întrebă Hadz.

"Nu sunt sigur ce vrei să spui."

"Noi am trimis lada."

"Oh, poate că nu a funcționat", a spus Reiki.

"Ați fost voi?" Ochii lui E-Z au lăcrimat.

"Mă bucur că a ajuns cu bine", a spus Hadz, în timp ce zâmbetele perechii de aspiranți la îngeri se întindeau pe fețele lor în așa fel încât părea că restul trăsăturilor lor erau diminuate.

"Vă mulțumesc foarte mult. Credeam că tot ce aparținea părinților mei a fost distrus în incendiu." A respirat adânc luptându-se cu lacrimile. "Mi-aș fi dorit doar să le fi putut aduce aici cu mine. Deși a însemnat foarte mult, chiar și numai pentru..."

ZAP.

"Tot ce a trebuit să faci a fost să spui un cuvânt. Sunt ale tale, până la urmă", au spus ei.

Era acolo, la capătul patului său. Lada părinților lui, sau ceea ce ei numeau cutia lor de pături. În ea se aflau comorile prin care trecuse când era copil. Iar acum erau ale lui. Un cufăr de comori tangibil, plin de amintiri ale părinților săi.

"Dar cum?", a întrebat el.

"Am reușit să salvăm câteva lucruri, intrând și ieșind când casa ardea", a spus Hadz.

"Am decis să le păstrăm în siguranță pentru tine, până când vei fi pregătit să le primești înapoi. Sperăm că momentul a fost potrivit".

S-a îndreptat, ca într-un vis, spre cufăr și a deschis capacul. O adiere de after shave mosc-mirositor al tatălui său, amestecat cu parfumul dulce-citronat al mamei sale, l-a întâmpinat ca o îmbrățișare. Atent să nu-l lase să scape totul dintr-o dată, a închis ușor capacul.

"Nu vă pot mulțumi îndeajuns. Nu voi putea niciodată să vă mulțumesc. O să trec totul în revistă, altă dată. Încă o dată, vă mulțumesc amândurora foarte mult." Și-a întins brațele, iar cei doi doritori de îngeri au zburat în ele.

"Devine prea sentimental", a spus Hadz.

"Ți-a spus cineva; ai nevoie de o tunsoare?". a întrebat Reiki.

E-Z și-a pieptănat părul cu degetul și și-a mângâiat partea centrală care, din cauza faptului că se afla în măruntaiele înghețate ale pământului, stătea în picioare ca niște peri în perie. "Mai bine?"

"Un pic", a spus Hadz.

"Bine, trebuie să mă concentrez. Ceilalți vor veni aici în curând pentru o actualizare a situației lui Eriel.

Trebuie să le spun despre Michael. Crezi că vor fi impresionați că l-am cunoscut?".

"Nu contează dacă sunt impresionați", a spus Hadz. "Ceea ce contează este dacă Eriel ți-a spus ceva valoros?".

"Da, dar încă încerc să-mi dau seama ce a vrut să spună."

"Spune-ne, poate putem rezolva misterul!"

"Ce a vrut să spună cine?" a întrebat Alfred, în timp ce-și băga ciocul în cameră.

"Intrați", a spus E-Z.

Alfred a intrat înăuntru dând din picioare. Era sezonul de mută și câteva pene fluturau în spatele lui. "Bună ziua Hadz, bună ziua Reiki".

"Bună", au răspuns ei.

"E o poveste lungă, dar ca să trec direct la subiect, am fost chemat înapoi la siloz, unde Raphael și Ophaniel m-au pus la curent cu o situație legată de Eriel. A lucrat din toate părțile. Pretinzând că este aliat cu noi, cu arhanghelii și cu The Furies. Nu-ți face griji, trădarea lui a fost descoperită și a fost capturat și întemnițat. Este păzit de arhanghelul șef Mihail, care m-a lăsat să vorbesc puțin cu Eriel."

"Și ce a spus Eriel?" a întrebat Alfred.

"Am avut timp să-i pun doar o singură întrebare. Așa că l-am întrebat cum am putea să le învingem pe Furii. De aceea am venit aici, ca să mă gândesc la ceea ce a spus."

"Ah, deci ai vrut să fii singur?" a întrebat Alfred. "Haideți, Hadz și Reiki, să îi oferim lui E- puțină liniște și pace." S-a îndreptat spre ușă, dar ei au rămas pe loc.

"O problemă rezolvată este o problemă împărtășită", au cântat ei.

"Adevărat. Și asta era morala poveștii lui Charles."

"În regulă, adunați-vă." A făcut o pauză, apol a spus: "Eriel a spus că ar trebui să folosim ochelarii lui Raphael."

"Corect, asta e tot?" a spus Alfred. "Înțeleg de ce nu ești sigur ce a vrut să spună. Este foarte vag."

"Știu. Și nu a spus cum să le folosești."

Hadz s-a aplecat și i-a șoptit ceva lui Reiki.

POP.

POP

Și au dispărut.

"Poate, începeți de la început. Spune-mi exact ce ți-a spus Eriel."

"Am făcut-o deja. Mi-a spus să folosesc ochelarii lui Raphael. Asta a fost tot. Michael ne-a pus pe un cronometru. La început, am crezut că Eriel nu va spune niciun cuvânt. A spus acele trei cuvinte și timpul s-a scurs. Următorul lucru pe care l-am știut a fost că eram din nou aici."

Alfred s-a plimbat și a observat cutia cu pături de la capătul patului. "Atunci ce este asta?"

"A aparținut părinților mei", a spus E-Z luptându-se să își stăpânească plânsul. "Hadz și Reiki au salvat-o din foc. Tocmai mi-au spus că au salvat-o pentru mine - și-au pus chiar viața în pericol."

"A fost atât de...", i-a dat lacrimile, "grijuliu din partea lor. Ai trecut deja prin asta?"

"Nu, dar o voi face."

"Cum era Michael?"

"Clănțănea mult când mergea. Mi-a amintit de visul pe care l-am avut cu PJ, Arden și ghilotina."

"Oh, îmi amintesc că ne-ai povestit despre acel vis. Era la fel de înspăimântător ca și călăul?"

"Michael era foarte supărat și pe bună dreptate. Eriel l-a trădat, toți arhanghelii și pe noi. Ceea ce nu înțeleg era ce putea merita un asemenea risc?".

"Puterea - unii oameni ar face orice pentru a o obține. Dar ceea ce trebuie să ne dăm seama, cum putem folosi ochelarii lui Raphael pentru a opri planul pe care Eriel și Furiile l-au pus în mișcare."

E-Z i-a îndepărtat de pe fața lui. Când îi purta, sângele nu pulsa și nu se mișca în rame, așa cum se întâmpla când îi purta Raphael. Pe el, erau la fel ca orice alți ochelari.

"Poruncește ochelarilor să facă ceva", a sugerat Alfred.

"Ochelarii dispar", a comandat E-Z.

I-a scăpat și au aterizat pe podea.

E-Z a suspinat. Două capete cu siguranță nu erau mai bune decât unul în acest caz. A râs.

"M-am bucurat să îi văd pe Hadz și Reiki înapoi. Sunt aici pentru a rămâne? Adică, să ne ajute?"

"Sunt, dar au trecut prin multe în ultima vreme și s-ar putea să sufere de PTSD - adică tulburare de stres post-traumatic."

"Da, știu. Ce s-a întâmplat?"

"S-a întâmplat Eriel, asta s-a întâmplat. A provocat haos și ravagii pe Pământ și peste tot din câte se pare." E-Z a făcut o pauză. "Dacă aș folosi ochelarii pentru a-mi schimba forma?"

"Și ce să fac?"

"Dacă aș putea să-mi schimb forma, aș putea să le vizitez pe Furiile ca Eriel."

"Asta ar funcționa doar dacă nu ar fi știut, că a fost prins", a spus Alfred.

"Da, dar dacă nu ar ști. Gândește-te la daunele pe care le-aș putea face. Aș putea să intru acolo. Ar crede că sunt de partea lor. Și m-aș putea întoarce împotriva lor. BAM, i-aș putea scoate din parc!"

POP.

POP.

"Ar fi mult prea periculos!" Hadz a țipat.

"Mult preaoooooooooo periculos!" Reiki a făcut ecou.

"În plus, avem o altă idee."

"Spune-ne", a spus E-Z.

"Au recreat Camera Albă, așa că ne-am întors acolo să vedem dacă există cărți despre ochelarii lui Rafael."

"Și? Era vreo carte?"

"Nu", a spus Hadz.

"Dar am găsit asta", a spus Reiki.

Era o broșură minusculă, cam de mărimea capătului degetului arătător al lui E-Z. Titlul de pe coloana vertebrală scria: Prima carte a lui Rafael din Enoh.

Hadz și Reiki au răsfoit paginile, deoarece cartea avea dimensiunea perfectă pentru ca ei doi să o țină împreună.

"Scrie aici", a citit Hadz cu voce tare, "scopul lui Rafael era să vindece pământul pe care îngerii căzuți îl pângăriseră."

"Îți amintești, a spus Raphael, că pot să apelez la ea doar atunci când sfârșitul este aproape? Poate că și ochelarii îmi vor dezvălui puterile lor doar atunci când va fi nevoie de ele."

"Exact", au fost de acord Hadz și Reiki.

"Cred că avem nevoie de o sesiune de brainstorming cu ceilalți, dar ideea ta de a-ți schimba înfățișarea cu cea a lui Eriel este una bună", a spus Alfred. "Ar trebui doar să ne gândim cum să te susținem când o faci - ca să te ținem în siguranță."

"Asta e o idee proastă", a spus Hadz.

"O idee foarte proastă!" a spus Reiki.

"Cum așa?" a întrebat Alfred.

"În primul rând, nu știi ce știu The Furies".

"Sau nu știu".

"În al doilea rând, ar putea fi o capcană."

"O capcană orchestrată de Eriel și de Furii."

"În al treilea rând, și cel mai important dintre toate,"

"Eriel e îngrozit de Michael."

La unison au spus: "Ochelarii lui Raphael trebuie să dețină cheia pentru tot. Eriel caută iertare și răscumpărare din partea lui Mihail și a celorlalți arhangheli. Este singura lui speranță. Tu ești singura lui speranță. Prin urmare, credem că ți-a spus adevărul."

"Dar dacă Furiile nu știu despre situația lui Eriel? În timp ce ele sunt în întuneric, noi avem un avantaj aici", a spus Alfred.

"Sunt de acord", a spus E-Z.

Lia și-a băgat capul în cameră, urmată de restul bandei. "Ce se întâmplă?", a întrebat ea.

"Intră și o să-ți explic. Oh, și închide ușa în urma ta".

"Sună dubios", a spus Lia. I-a observat pe Hadz și Reiki și le-a făcut cu mâna. Apoi a închis ușa în urma lor și a încuiat-o.

CAPITOLUL 16
CE URMEAZĂ?

"LUAȚI LOC, FACEȚI-VĂ COMOZI", a spus el, în timp ce toată lumea se îngrămădea pe patul lui. "În primul rând, pentru cei care nu i-au cunoscut încă - el este Hadz, iar ea este Reiki. Ei sunt prieteni și aspiranți la înger. Au fost desemnați să ne ajute."

Haruto a făcut o plecăciune, iar Lachie a spus: "Bună 'zi!" Charles și Brandy au dat mâna cu ei.

După ce toată lumea a fost prezentată oficial, echipa s-a așezat pe marginea patului. E-Z s-a gândit că arătau ca niște pasageri care așteptau un autobuz.

"Suntem cu toții aici, pentru a le învinge pe The Furies. Dar trebuie să luăm în considerare câteva informații actuale. Înainte de a merge mai departe."

"Ce vrei să spui?" a întrebat Lia. "Sugerezi că am putea renunța?"

E-Z și-a curățat gâtul.

"Cel mai bine este să mă lăsați să vă spun totul, apoi puteți pune întrebări. Probabil că ar fi trebuit să încep cu asta. Dar eu însumi încă procesez totul." A ezitat. "Ceea ce vreau să spun este că trebuie să mă lași puțin în pace, deoarece este o situație complicată și și mai dificil de explicat."

Toată lumea a dat din cap, așa că a continuat.

"Eriel a fost luat în custodie de către arhangheli. I-a trădat pe ei și ne-a trădat și pe noi. Nu mai este o amenințare pentru noi, dar ne-a compromis misiunea. Problema este că nu știm cât de mult. Dar știm mai multe despre intențiile sale - să obțină controlul asupra Pământului prin orice mijloace posibile. Să se ducă împotriva arhanghelilor pentru a face asta, asta însemna să-și asume un anumit risc - chiar și atunci când le avea pe Furii de partea lui."

O gâfâială audibilă din partea tuturor l-a făcut să se oprească pentru o clipă sau două înainte de a continua.

"Arhanghelii i-au întors spatele. L-am întâlnit pe Michael, care îi conduce pe arhangheli, și a fost dezgustat de Eriel. Iar Eriel era îngrozit de el."

Mai multe gâfâieli audibile.

"Planul nostru A a fost să prindem Furia în mediul de joc. Eriel era conștient de acest plan. De fapt, el ne-a încurajat să mergem mai departe cu el. Așadar, trebuie să trecem la Planul B. Simplul fapt că știa despre Planul A este suficient pentru ca noi să renunțăm la el."

Mai multe suspine și un "O, nu!".

"Deci, Planul B. Știu că vă gândiți la un lucru evident: adică nu avem un Plan B. Ei bine, nu am avut. Dar acum avem. Te va șoca să afli că Planul B a venit din gura trădătorului nostru?".

Toți au dat din cap.

"Așa cum am spus anterior, m-am întâlnit cu Michael. El a fost cel care i-a sugerat lui Eriel că ar putea fi indulgent cu el, dacă și numai dacă ne ajută.

"Michael ne-a acordat doar cinci minute împreună. Și în cea mai mare parte a acestui timp Eriel nu a spus nimic. Apoi, chiar când era pe cale să expire, a spus trei cuvinte: "Folosește ochelarii lui Raphael" - asta a fost tot. Mi-am amintit ceva mai târziu că Raphael spusese că Charles ar putea fi arma noastră secretă, așa că, cu ajutorul ochelarilor, am putea avea două arme de care ei nu au cunoștință."

Charles a tresărit.

E-Z l-a recunoscut pe Charles cu o mișcare din cap.

"Dar înainte de a restrânge lista și de a face un brainstorming, trebuie să privim imaginea de ansamblu și să decidem dacă aceasta este lupta noastră. Dacă este ceva în care mai vrem, ca echipă, să fim implicați.

"Datorită lui Eriel, sunt în viață astăzi. El m-a salvat și apoi a spus că îi sunt dator lui și celorlalți arhangheli. Pentru a plăti această datorie, am terminat mai multe probe. Alfred și Lia au venit împreună și împreună am format Cei Trei. Și apoi ne-am despărțit la cererea lor.

"Ne-am înființat propriul nostru site de supereroi și am ajutat oamenii. Până când arhanghelii ne-au cerut ajutorul pentru a-i învinge pe pirații Soul Catcher. În timp am aflat cine erau: Furiile, zeițe grecești puternice și malefice care se întorseseră.

"Hadz și Reiki m-au dus în recunoaștere, pentru a-mi arăta sediul lor din Death Valley. Acolo am văzut cu ochii mei depozitarea containerelor pline cu sufletele copiilor. Mai târziu, PJ și Arden au fost luați de lângă noi. Starea lor nu s-a schimbat. Și am văzut la fața locului, mulțumită lui Raphael, aceste zeițe urâte la lucru.

"Furiile sunt adversare demne de luat în seamă. Dacă ne luptăm cu ele, am putea muri. Bineînțeles că nu este o informație de ultimă oră, dar merită să ne riscăm viețile acum că Eriel ne-a trădat?

"Luând totul în considerare și, mai ales, faptul că avem de partea noastră două arme secrete. Deși arme pe care nu știm cum le putem folosi. Poate că suntem într-o situație bună pentru a câștiga această luptă. Asta dacă rămânem împreună și dacă ne asigurăm spatele unul altuia. Dacă suntem dispuși să ne punem viețile în pericol pentru un bine mai mare. Pentru binele pământului, pentru salvarea pământului. Ce spuneți?"

Următorul lucru pe care îl știa, toată lumea - cu excepția lui Alfred - sărea pe pat spunând: "Unul pentru toți și toți pentru unul!".

E-Z a ridicat mâna. "

"Toți cei care sunt în favoarea luptei cu The Furies, spuneți "Da"."

Decizia a fost unanimă.

Sobo a bătut la ușă și a întrebat: "Poate că pot ajuta și eu."

CAPITOLUL 17
ÎNTREBAȚI-L PE CHARLES DICKENS

Brandy a luat în derâdere în mod audibil, făcându-i pe toți cei din sală să se uite în direcția ei. Acum că avea atenția tuturor, ea a întrebat: "Și cum ai de gând tu, un cetățean în vârstă, să ajuți echipa noastră de copii supereroi să le învingă pe cele trei puternice zeițe malefice?".

Un oftat a răsunat în toată sala, făcându-l pe Haruto să se miște rapid în dreptul lui Sobo. I-a apucat mâna și a ținut-o lipită de inima lui.

Sobo, care nu se lăsase intimidată de ignoranța lui Brandy, i-a șoptit nepotului ei cuvinte liniștitoare în japoneză.

"Cere-ți scuze", a cerut E-Z.

"Este în regulă", a spus Sobo. "Are dreptate, poate că nu sunt un supererou ca voi toți, dar fiecare în această viață are ceva de dăruit."

"Îmi pare rău, Sobo", a spus Brandy. Ea nu s-a oprit aici. "Ceea ce am vrut să spun a fost..."

"Taci!" a exclamat Lia. "Intră, Sobo."

"Avem nevoie de tot ajutorul pe care îl putem primi", a spus E-Z.

Charles s-a ridicat în picioare, oferindu-le locul lui Sobo și Haruto.

"Mulțumesc", a spus Sobo, iar ea și nepotul ei s-au așezat unul lângă altul fără să vorbească câteva clipe.

"Te simți destul de bine?" a întrebat Haruto.

"Da, micuțule, a spus Sobo. "Și eu am o superputere. Această superputere se numește transformare. Am trăit multe vieți și am jucat multe roluri... cu fiecare viață învăț ceva nou. Sunt deschis să învăț, despre asta este vorba în viață. Îmi ofer viața; aș face orice pentru a te salva. Pe voi toți."

"Chiar și pe mine?" a întrebat Brandy.

Sobo a râs. "Mai ales pe tine, copilă."

Brandy a traversat camera și și-a aruncat brațele în jurul gâtului lui Sobo. "Mulțumesc. Dar de ce mai ales pe mine?"

Haruto s-a ridicat în picioare și, cu mâinile în șolduri, a exclamat: "Pentru că ești o nebună!".

Toată lumea a râs, inclusiv Brandy.

Sobo a spus: "Pentru că ești neînfricată. Da, a fi neînfricat este o emoție puternică, dar trebuie să înveți să ai răbdare. Ai nevoie de amândouă, pentru a supraviețui în această lume. Cu amândouă, vei deveni o forță și mai mare de luat în seamă. Viața înseamnă să te schimbi, pe tine însuți din interior spre exterior, din exterior spre interior. Învață. Creșteți. Trebuie să fim precum copacii, să ne schimbăm odată cu anotimpurile, să ne îndoim odată cu vântul."

"Atât de frumos", a spus Charles.

"Dar lumea este plină de bine și de rău", a spus Sobo. "Așa trebuie să fie. Unul trebuie să existe pentru ca celălalt să existe. Iar noi, tu și eu și toți cei de aici, trebuie să luptăm doar de partea binelui. În această lume nu poate exista decât un singur învingător. Acel învingător trebuie să fie pentru binele întregii omeniri."

Sobo s-a oprit din vorbit. În timp ce-și trăgea răsuflarea, ceilalți au rămas tăcuți așteptând să continue.

"Motivul pentru care mă aflu aici", a continuat Sobo, "este să aduc salutări de la Rosalie."

"De la tine și de la Rosalie, Sobo, dar cum?" a întrebat Lia.

"Rosalie a venit la mine într-un vis. De unde am știut că era ea? Pentru că așa mi-a spus ea. Visele sunt unelte puternice. Spiritele traversează lumile și se amestecă cu noi pentru a fi alături de noi sau pentru a ne spune lucruri pe care nu le știm, cum ar fi avertismente, premoniții. Rosalie a vrut să ne ajute să ducem lupta, să luptăm și să câștigăm."

"Da", a spus E-Z. "Eu îmi visez adesea părinții. Uneori îmi dezvăluie lucruri sau îmi spun lucruri pe care ei nu aveau cum să le știe. Dacă nu cumva îmi împărtășeau viața."

"Da, dragostea este o emoție puternică, care nu are limite. Cei pe care îi iubești te vor căuta, te vor găsi, te vor ajuta, chiar și în cele mai întunecate momente."

"Este ea", a întrebat Lia, "fericită?".

Sobo a zâmbit. "Fericirea nu este totul. Lasă-mă să-ți spun doar că este ea însăși. Asta este tot ce trebuie să știi cu adevărat. Și ca ea însăși, ca o navă care luptă și ea numai de partea binelui, ea crede în tine, domnule Charles Dickens. Tu ești puterea noastră."

"Eu?" a întrebat Charles.

"Da, Charles. Du-ne la bibliotecă. Biblioteca din nori."

"N-am auzit niciodată de ea. Nu vă pot duce acolo. Probabil că m-a confundat cu unul dintre ceilalți."

"Ce bibliotecă?" a întrebat Brandy.

"Și de ce este în nori?". a întrebat Lia.

"Am fost acolo", a spus Sobo. "Este foarte veche și este protejată... doar cei care știu știu știu."

"Eu nu sunt unul dintre ei", a spus Charles.

"Ai nevoie doar de puțin ajutor", a spus Sobo. "Dă-i ochelarii lui Raphael și atunci, va fi în cunoștință de cauză."

"Stai puțin", a spus E-Z. "Cum ai ajuns acolo?"

"Nu mă crezi?" Sobo a zâmbit. "Rosalie m-a dus acolo în vis... este un spirit... și m-a condus ca un plimbător de vise."

"Ești sigur că nu era o amintire pe care o împărtășea despre Camera Albă?"

"Categoric nu. De unde știu eu asta?" întrebă Sobo. "Pentru că Rosalie mi-a spus că nu a vrut să se mai întoarcă niciodată în locul în care a fost ucisă de acele surori vicioase."

"Asta are sens, și totuși, ceva ce a spus Raphael despre faptul că nu a predat niciodată ochelarii - nimănui - mă face să mă îngrijorez în legătură cu faptul de a merge împotriva dorințelor ei."

"Și dacă Rosalie nu este una dintre cei care știu?" a întrebat Sobo. "Ar trebui să ratăm această oportunitate de a ne spori șansele de a le învinge pe Furii, respingând ultimele informații oferite de Rosalie, o prietenă și confidentă de încredere?"

"Spune-mi mai întâi", a spus E-Z, "cum a fost?".

Sobo a închis ochii. "Imaginează-ți o perioadă în care dădeai drumul la apă caldă doar la duș sau la baie, fără ventilator și fără fereastră deschisă. Ieșeai din cameră ca să iei ceva și închideai ușa. Când ai deschis-o mai târziu, camera era plină de aburi și când ai intrat nu puteai vedea nimic - la început. Dar ochii vi s-au adaptat și apoi ați putut vedea totul. La fel a fost și pentru mine când am intrat pentru prima dată în Biblioteca Norilor."

Ea a deschis ochii. "Imaginați-vă interiorul norului în care existau cărți. Fiecare carte scrisă, publicată, toate acolo, în fața ta. Disponibilă pentru a o citi, pentru a o lua, pentru a învăța. Așa era în Biblioteca Norilor. Și cu toții suntem meniți să mergem să o vedem cu ochii noștri, acum. Astăzi."

"Sună magic", a spus Charles. "Vreau să mă duc. Vreau să vă duc pe toți acolo."

"Sună prea frumos ca să fie adevărat", a spus Brandy.

Sobo a zâmbit.

E-Z a ezitat înainte de a scoate ochelarii și de a-i înmâna lui Charles.

"E-Z", a spus Sobo, "Rosalie mi-a spus că excepția la regula lui Raphael era Charles. Îți amintești? Și ea a fost cea care a dezvăluit că Charles era arma noastră secretă."

E-Z a dat din cap și i-a dat ochelarii lui Charles.

Fără ezitare, Charles i-a pus. În timp ce îi așeza după urechi, culorile de pe rame au pulsat în toate culorile cunoscute de om. Toate culorile, cu excepția roșului. Când ochelarii s-au așezat în nuanța de verde iarbă, gâtul lui Charles s-a răsucit stânga dreapta stânga dreapta stânga. S-a îndreptat și a privit în față.

"Sunt gata", a spus el. "Țineți-vă de mâini, ca să fim cu toții conectați, și vă voi duce acolo."

"Așteptați-ne!" au strigat Hadz și Reiki, în timp ce au sărit pe umerii lui E'Z și s-au ținut de viață. Câteva clipe mai târziu și nimeni nu plecase nicăieri.

CAPITOLUL 18
CE A MERS PROST?

"N U ÎNȚELEG", A SPUS Charles. "Puteam să o văd în mintea mea. Poate că am nevoie de instrucțiuni, sau de niște cuvinte magice. Ți-a spus Rosalie ceva special pe care trebuie să-l fac în afară de a-i pune ochelarii lui Sobo?" a întrebat Charles.

Sobo a clătinat din cap. "Încearcă ceva diferit".

"Du-ne în Camera Norilor!", a cerut el.

De data aceasta, ca un grup, toți s-au clătinat, ca și cum cineva ar fi deschis o fereastră.

"Închideți ochii", a spus Charles. "Toată lumea este pregătită?" Toți au dat din cap. A închis ochii în timp ce grupul de supereroi plus Sobo se fragmentau.

"Ceva se simte, diferit", a spus Lachie deschizând ochii. "Eu mă simt diferit."

E-Z se simțea și el ciudat, în timp ce a deschis ochii. Hadz și Reiki sforăiau acum. Părea un moment ciudat pentru ei să tragă un pui de somn. Și, ce altceva mai era diferit? Ochelarii lui Raphael erau lipsiți de culoare. De ce? Nu se mai întâmplase niciodată înainte. Și ce altceva? Alfred - unde naiba era Alfred?

"Alfred? Unde ești?"

Lia a izbucnit în lacrimi.

"De ce plângi?" a întrebat E-Z.

"Pentru că nu văd nimic, nici cu mâinile. Nu mai văd nimic."

"Charles. Ochelarii", a spus Brandy.

"Ce zici de...?" El i-a scos.

Și-au acoperit urechile, în timp ce Sobo își dădea capul pe spate și gemea ca o banshee, până când muzica orchestrală ușoară i-a copleșit strigătele și toată lumea a adormit.

✳✳✳

ACUM CĂ GEMENII DORMEAU, Samantha și Sam se întrebau cum decurgea întâlnirea din camera E-Z. Când au ajuns, ușa era încuiată și nimeni nu a răspuns când au bătut la ușă.

"Asta e ciudat", a spus Sam. "E-Z nu încuie niciodată ușa.

"Adu cheia", a spus Samantha.

Sam a avut un presentiment rău, în timp ce introducea cheia în încuietoare.

Sam și Samantha au privit, în timp ce Sobo, Brandy, Lia, Lachie, Haruto, Charles și E-Z se uitau în față ca niște manechine într-o vitrină.

"Abia respiră", a spus Sam.

"Și unde este Alfred?"

"Și de ce Charles poartă ochelarii lui Raphael?".

"Sunt speriată", a spus Samantha, luând mâna soțului ei în a ei.

"Nu cred că ar trebui să deranjăm nimic aici", a spus Sam. "Am impresia că se întâmplă ceva despre care nu știm."

"Este înfiorător."

"Ce anume?" a întrebat Sam, observând cutia de la capătul patului lui E-Z. "Nu-mi vine să cred! Nu se poate!" S-a aplecat și a ridicat capacul cufărului pe care îl văzuse de multe ori în camera fratelui său. Un cufăr despre care crezuse că fusese distrus în incendiu. Așa cum se întâmplase cu E-Z, amintirile create de mirosurile dinăuntru au răsărit și a fost copleșit de emoții.

"Hai să plecăm de aici", a spus Samantha. "Poți să-mi spui mai multe despre cufăr, afară".

"Să-i dăm puțin timp. Se vor trezi în curând și..."

"Nu cred că avem altă opțiune", a spus Samantha, în timp ce închideau ușa în urma lor.

CAPITOLUL 19
CAMERA CLOUD

CHARLES A STAT O clipă în picioare, observând împrejurimile. Oare îi adusese în locul nepotrivit? El și ceilalți (care dormeau cu toții) se aflau sus pe cer, fără niciun nor la vedere. Aterizaseră în mijlocul unei platforme făcute din sticlă. Cum se ținea în picioare, habar n-avea. A observat că scaunul cu rotile al lui E-Z se rostogolea înainte, așa că s-a repezit și l-a trezit.

"Unde suntem?", a întrebat el, trezindu-i cu mâna pe Hadz și Reiki, care erau încă pe umerii lui, care dormeau adânc.

"Treziți-vă! Trezește-te!" a poruncit Charles.

Unul câte unul au deschis ochii, apoi, realizând cât de sus se aflau, s-au agățat unul de celălalt, încercând să nu se miște. Încercând să nu privească în jos prin geamul care îi oprea să se prăbușească la pământ.

"Aș fi vrut ca chestia asta să aibă o balustradă!" a exclamat Lia. Acum putea vedea totul, dar o parte din ea își dorea să nu poată.

"Ce o ține în sus, asta nu pot să-mi dau seama", a spus Charles.

"Niciodată nu am fost o fanatică a înălțimilor", a spus Brandy, în timp ce a apucat cea mai apropiată mână disponibilă de a ei, care îi aparținea lui Charles.

"Oh", a spus el, simțind cât de rece era mâna ei.

"Voi zbura până acolo și voi arunca o privire", a spus E-Z și a zburat, mișcându-se în jurul platformei care părea că a crescut din nimic, fără ca nimic să o țină în sus și fără nicio ancoră care să o țină la locul ei.

Haruto se ținea de mâna bunicii sale. Ea se trezea mai greu decât ceilalți. Când a părut pe deplin trează, "Oh, nu", a fost tot ce a spus. Iar și iar.

"Asta nu este Camera Norilor în care te-a dus Rosalie, nu-i așa?". a întrebat Charles.

Sobo a făcut un pas, doi pași, în timp ce copiii se agățau de ea. Și-a închis ochii, i-a strâns bine, apoi i-a deschis din nou.

"Ce faci?" a întrebat Brandy.

"Caut cărțile", a spus Sobo. "Dacă acesta este locul, atunci ar trebui să existe cărți. O mulțime de cărți. Eu nu văd niciuna. Nici una."

E-Z, care încă cerceta structura platformei, a întrebat: "Ți se pare că suntem în locul potrivit? Oare cărțile ar putea fi disimulate? Le poate vedea cineva?"

Toată lumea a dat din cap într-un nu, chiar și Hadz și Reiki care până în acest moment nu scoseseră niciun cuvânt între ei doi.

"Am o presimțire foarte, foarte proastă în legătură cu acest loc", au cântat la unison Hadz și Reiki.

Charles a ezitat înainte de a vorbi. "Am văzut o bibliotecă în capul meu când mi-am pus ochelarii și era așa cum ni l-a descris Sobo. Nu exista o platformă de sticlă. Acest loc nu este cel pe care mi l-am imaginat. La început, am crezut că ochelarii au făcut o greșeală, dar acum, dacă Hadz și Reiki au o presimțire proastă, la fel ca și Sobo, cred că." Sobo a dat din cap și a observat că tremura. "Cred că trebuie să plecăm naibii de aici - și repede."

E-Z a observat că Alfred lipsea. "Știe cineva ce s-a întâmplat cu Alfred? Eram cu toții conectați prin atingere când am venit aici. Cum ar fi putut să se atașeze?" Acum a observat că Hadz și Reiki păreau să nu mai fie în apele lor. Aproape ca și cum ar fi fost drogați, căci ochii lor se lăsau pe spate în cap și le era greu să rămână treji.

"Lebedele nu au degete pe care să le atingă", cântau la unison cei doi doritori de îngeri. Au izbucnit în râs și s-au învârtit în cerc până când au fost prea amețiți pentru a rămâne la suprafață și au căzut pe podeaua de sticlă cu un SPLAT.

"Bine Charles, pentru mine sunt suficiente dovezi. Du-ne din nou acasă - acum".

Charles, care îl scosese ochelarii lui Raphael, acum și-i pusese din nou la loc cu intenția de a urma ordinele lui E-Z, a exclamat: "Oh, iată-i!".

"Poți vedea cărțile acum?" a întrebat Sobo.

"Nu am putut când am ajuns prima dată, dar acum pot. Acum ce ar trebui să fac?"

"Nu are sens", a spus Sobo, "de ce ar fi deghizate pentru tine, apoi dezvăluite? Rosalie nu a menționat aceste lucruri".

"Cred că aerul de aici de sus ne afectează creierul", a spus E-Z. "Am început să mă simt în afara ei, amețit. Ar fi bine să plecăm de aici și repede, altfel vom sfârși cu fața în jos pe platformă, ca Hadz și Reiki."

Charles a întins mâna și în ea a zburat o carte pe care a băgat-o în cămașă. "Du-ne înapoi!", a strigat el. Ca și prima dată când au încercat-o, nu s-a întâmplat nimic.

"Poate că trebuie să ne ținem de mână", a spus Sobo. "Și să închidem din nou ochii".

Le-au făcut pe amândouă și, imediat, rafale uriașe de vânt au început să îi zburde pe platformă. S-au înghesuit, ca o echipă de fotbal înainte de un joc important, agățându-se unul de celălalt. Împingându-și picioarele pe platformă, în speranța că nu vor zbura.

E-Z își storcea creierii, încercând să se gândească la o cale de scăpare. Oare singura cale era să folosească singura și unica șansă de a-l chema pe Raphael să vină în ajutor? S-a uitat la Charles, care părea să se estompeze. "Charles!", a strigat el, apoi a observat, peste umărul său, că venind spre ei cu repeziciune se aflau Baby, Little Dorrit și Alfred.

Alfred a strigat: "Trebuie să vă scoatem de aici - acum. Locul ăsta e ca un far, care te luminează pentru ca toată lumea să te vadă, inclusiv Furiile!"

Sobo a plâns: "Nu știam că au folosit-o pe Rosalie ca pe o capcană."

"Charles a văzut cărțile și chiar a primit una. Hai să ne ducem în siguranță. Nimeni nu este de vină. Intențiile voastre au fost toate bune", a spus E-Z.

"Mulțumesc", a spus Sobo, în timp ce a început să se estompeze și să dispară, așa cum făcuse Charles. Brandy a luat-o de mână și a ținut-o strâns până când Sobo nu s-a mai estompat.

Alfred a spus: "Haideți!"

Lachie a sărit pe spatele lui Baby, trăgându-l pe tremurândul Charles la bord cu el și au zburat. În interiorul cămășii, cartea pe care o ținea acolo s-a extins și doi dintre nasturii cămășii i-au zburat. A ținut cartea ferm cu un braț și pe Lachie cu celălalt, în timp ce Baby a accelerat ritmul.

Micuța Dorrit s-a aplecat fără să atingă platforma, pentru ca ceilalți să poată urca la bord, în timp ce E-Z i-a luat pe Hadz și Reiki. Au zburat, cu Alfred și E-Z zburând unul lângă altul, în timp ce cerul se schimba din albastru în negru, din negru în albastru, în negru, iar stelele au ieșit, dar nu erau stele. Erau ochi. Ochi care trăgeau cu Booger, ca cei pe care îi întâlnise în Valea Morții, când se întâlnise pentru prima dată cu Furiile.

SPLAT. SPLAT. SPLAT.

SPLAT. SPLAT. SPLAT. SPLAT.

SPLAT. SPLAT. SPLAT. SPLAT. SPL-

Charles a strigat din toți plămânii: "ACASĂ!". Și de data asta a funcționat. Erau din nou acasă. În siguranță.

Haruto și-a aruncat brațele în jurul bunicii sale.

"Ce mă bucur să fiu din nou acasă", i-a spus fiecare.

Câteva momente mai târziu, au sosit Sam și Samantha.

✳✳✳

"AM VĂZUT TRUPURILE VOASTRE dormind în camera voastră. Nu am știut ce să facem", a spus Sam.

"Este o poveste lungă", a spus E-Z.

Sobo l-a întrebat pe Charles: "Ați reușit să păstrați cartea?" "Sigur că da", a spus Charles, ținând-o în mână. Era un volum mare, cartonat, cu o coloană groasă, care putea fi văzut și citit de toți -

"Marile speranțe" de Charles Dickens.

"Ai adus înapoi una dintre cărțile tale?". a exclamat Brandy.

Lachie a luat-o în derâdere.

"I..." a spus Charles. "Mi-ai spus să aleg orice carte, iar aceasta a fost cea pe care am luat-o la întâmplare."

"Totul se întâmplă cu un motiv", a spus Lia.

"Dar asta chiar este exagerat", a exclamat Brandy.

"Toată lumea să se calmeze", a spus E-Z. "Charles a făcut tot ce a putut în aceste circumstanțe - și cel puțin EL a putut vedea cărțile. Niciunul dintre noi nu a putut".

"Marile Așteptări", a spus Alfred, "este o carte de mâncat grrr-eat!" A sunat ca versiunea britanică a lui Tony Tigrul din reclamele la cereale.

"Are dreptate", au fost de acord Sam și Samantha. "Este unul dintre cele mai bune romane scrise vreodată."

Charles i-a scos ochelarii lui Raphael și i-a înmânat înapoi lui E-Z, care și i-a pus imediat. A dat din cap, dar titlul cărții pe care Charles o ținea în continuare în mână era diferit. A citit noul titlu cu voce tare,

"Field of Dreams de W. P. Kinsella."

"Lasă-mă să încerc", a spus Lia, întinzând mâna spre ochelarii lui Raphael.

"Așteaptă!" a strigat E-Z, în timp ce Lia i-i îndepărta de pe față. "Nu ți-i pune. Amintește-ți, Raphael a spus că doar eu ar trebui să-i port, dar am făcut o excepție pentru Charles din cauza visului lui Sobo, dar nu cred că ar trebui să-i împărțim. În plus, știm deja răspunsul la întrebarea pe care ne-o punem cu toții. Este o carte care devine orice titlu pe care cititorul vrea să îl vadă."

"Sau are nevoie să vadă", a spus Sobo.

"Dar eu nu am vrut sau nu am avut nevoie să văd "Marile Speranțe". Nici măcar nu am auzit vreodată de ea!"

"Dar imaginează-ți", a spus Sam, "ce fel de bibliotecă ar putea fi în viitor. Tot ce trebuie să facem este să ne gândim la titlul unei cărți și iată, o ținem în mână."

"Nu ar fi foarte bine pentru autori, totuși, adică cum ar fi plătiți?". a întrebat Samantha.

"Nu știu cum ar funcționa totul și poate că ne scapă ceva important aici", a spus Alfred.

"Mare, cum ar fi ce?" a întrebat E-Z.

"Dacă cartea ar fi cea care a ales cititorul și nu invers?".

"Doo-doo-doo-doo-doo-doo", a cântat Brandy, care era muzica din Zona Crepusculară.

"Să recapitulăm. Sobo a avut un vis în care Rosalie i-a arătat Biblioteca Norilor și cu ochelarii lui Raphael, Charles putea să ne ducă acolo. Ceea ce a și făcut, dar locul nu era așa cum se aștepta. Doar Charles putea vedea cărțile, a luat una și, pe drum, înapoi am fost atacați de niște ochi care trăgeau muci, asemănători cu cei care ne-au atacat pe mine și pe Hadz Reiki în Valea Morții." "Asta e pe scurt, a spus Brandy.

"Ceea ce mă întreb este dacă Eriel le-a spus Furiei despre faptul că Raphael i-a dat ochelarii lui E-Z", a întrebat Lachie.

"Asta e ceva ce s-ar putea să nu știm niciodată", a spus E-Z, "pentru că Michael i-a dat lui Eriel doar o singură șansă să vorbească cu mine". S-a dus la fereastră și a privit afară. "Mă întreb", a spus el.

"Mă întreb ce?", a exclamat toată lumea.

"Dacă The Furies știu despre ochelari și despre puterile lor. Dacă ne-au păcălit prin Rosalie să vizităm Biblioteca Norilor, atunci trebuie să știe despre Charles. Asta înseamnă că el nu mai este o armă secretă. Cum ar fi putut să știe? Și totuși, mucii de la ochi - e prea multă coincidență."

"Eriel ți-a spus să folosești ochelarii", a spus Alfred.

"L-am văzut, cum era reținut și nu avea cum, în nici un caz, în nici un fel posibil să le fi trimis mesaje Furiei... nu cu Michael păzindu-i fiecare mișcare." E-Z s-a rostogolit înapoi unde se aflau ceilalți. "Apropo, Alfred, cum de te-ai despărțit de noi?"

"Eram pierdut în interiorul unui nor negru, până când i-am chemat pe Little Dorrit și pe Baby să mă ajute și știți restul."

"A fost atât de ciudat", a spus Charles. "La un moment dat nu mai vedeam cărţile, mi-am scos ochelarii, mi i-am pus la loc şi erau peste tot. Totuşi, eram singurul care le putea vedea."

"Eu le puteam vedea", a spus Baby. "Aceasta a zburat spre mine", i-a aruncat-o lui Charles, care a prins-o cu două degete.

Era o carte în miniatură, cu un titlu micuţ pe spate, pe care toată lumea l-a citit cu voce tare:

"Tot ce ai vrut să ştii vreodată despre Furii, dar ţi-a fost frică să întrebi, de Anonimul".

"Punct!" a exclamat Brandy.

S-au adunat în jurul cărţii minuscule, în timp ce Charles o deschidea cu fiecare cu grijă. Înăuntru, coperta era goală, la fel ca şi prima pagină. S-a întors la pagina următoare, unde se aflau cuvinte, care au început imediat să se mişte, să se amestece. Cuvintele pluteau în jurul paginii, amestecându-se şi reîmpărtăşindu-se, de parcă ar fi uitat ce cuvinte şi ce limbă trebuiau să reprezinte.

E-Z, care purta încă ochelarii lui Raphael, a simţit că ameţeşte în timp ce cuvintele se mişcau de colo-colo, şi i-a dat jos.

"Încearcă tu", i-a spus lui Charles, înmânându-i ochelarii.

Charles i-a pus și i-a scos din nou repede, grăbindu-se spre fereastră pentru a lua aer curat. I i-a înmânat înapoi lui E-Z.

"Acum tu", i-a spus lui Sobo, care a refuzat să încerce ochelarii la fel ca Haruto."

"O să încerc", a spus Lia, dar i s-a alăturat curând lui Charles la fereastră.

"Lachie?" a întrebat E-Z.

"Sigur că da", a spus el, punându-și ochelarii, apoi scoțându-i imediat din nou. "Nu merge", a spus el, lăsându-se pe pat.

"Lasă-mă să încerc și eu!" a spus Brandy, în timp ce E-Z îi punea ochelarii în mână, iar ea îi aplica pe față. "Stai puțin", a spus ea, "Cred că văd ceva, este..." și a scuipat o substanță verde care, din fericire, a lovit peretele în loc de o persoană.

"Vino cu noi", i-au spus Sam și Samantha lui Brandy, "te vom ajuta să te cureți".

"Uh, mulțumesc", a spus E-Z, întorcându-și scaunul spre Alfred, apoi așezându-și ochelarii pe cioc.

"O lebădă care poartă ochelari. Ridicol!" a spus Alfred.

"Arăți foarte studios!" a spus Charles.

"Arăți ca profesorul Ludwig Von Drake!" a exclamat Brandy.

Sam a spus: "A fost profesorul lui Donald Duck".

"Oh", au spus cei care erau prea tineri ca să fi auzit de Donald Duck.

"Oh, Doamne", a spus Alfred, în timp ce cuvintele au încetat să se mai învârtă și au revenit la felul în care le scrisese autorul. A citit primele două pagini, apoi pe următoarea, pe următoarea și pe următoarea. A zburat prin întreaga carte cu ușurința unui cititor rapid și, când a terminat, cartea s-a închis singură.

POOF

Și a dispărut.

"Ei bine, a fost interesant", a spus Alfred, înmânându-i ochelarii înapoi lui E-Z și oprindu-se să nu cadă.

"Vrei să spui că ai citit-o pe toată?". a spus Sam. "Ochelarii ăstia sunt remarcabili".

"Îmi amintesc totul, dar am nevoie să procesez informația și trebuie să mă odihnesc. Nu vreau să stau aici și să ți-o citesc în întregime. Este mai bine dacă sortez ceea ce am învățat și apoi vom vorbi despre asta."

"Și dacă", a întrebat Brandy, "ți-a scăpat ceva ce nu ar fi scăpat unuia dintre noi? Nimic personal."

Alfred a râs. "Doar pentru că acum am forma unei lebede, asta nu înseamnă că nu am citit multe, multe cărți în timpul vieții mele. De fapt, am urmat cursurile Universității Oxford când eram tânăr și am absolvit cu onoruri. Am studiat literatura și artele."

E-Z a spus: "Nu tu ai ales cartea - cartea te-a ales pe tine. Niciunul dintre noi nu a putut citi vreun cuvânt din ea."

"Mulțumesc, pentru că ai crezut în mine."

Lia a spus: "Cât timp vreți să vă mai gândiți? Putem merge să ne uităm la filmul ăla?".

Samantha a spus: "Va trebui să mai fac niște popcorn. Am mâncat deja celălalt bol plin".

"Mâncarea stresantă", a spus Sam cu un zâmbet.

"Mulțumesc", a spus Alfred. "Mă întorc la tine, cât de repede pot".

"Ia-ți tot timpul de care ai nevoie", a spus E-Z, "vino să ni te alături când ești gata".

Gașca s-a dus în sufragerie și a pregătit filmul. Samantha a mai făcut niște popcorn în cuptorul cu microunde. Toată lumea s-a adunat în jurul ei pentru a viziona filmul.

Alfred a dormit o vreme în locul lui obișnuit, dar a visat vise, în mare parte coșmaruri și în cele din urmă s-a dus în grădină să ia puțin aer curat. Toată lumea depindea de el, iar presiunea cântărea asupra lui, în timp ce conținutul cărții în miniatură se învârtea în mintea lui.

CAPITOLUL 20
MESAJ DIN FRANȚA

E-Z A VIZIONAT PRIMA jumătate a filmului împreună cu ceilalți, apoi, simțindu-se neliniștit, a decis să se apuce de treabă. A băgat capul în camera lui, așteptându-se să-l găsească pe Alfred dormind adânc, dar acesta nu era de găsit nicăieri. Îngrijorat, s-a dus la ușa din spate și s-a uitat afară și l-a văzut pe lebădă dormind profund întins pe un scaun de grădină. A închis ușa și s-a întors în camera lui, și-a deschis laptopul și s-a logat.

S-a învârtit de câteva ori în mintea lui, hotărând dacă să se concentreze pe scrierea romanului său sau dacă ar trebui să petreacă acest timp făcând mai multe cercetări despre dușmanii lor, The Furies. Sunetul unui mesaj care a răsunat în căsuța de intrare a luat decizia pentru el. Avea o bifă roșie, ceea ce denotă urgență și, deși nu conținea atașamente, nu a dat click pe el. În schimb, l-a citit în previzualizare. Sau, a încercat să-l citească. Mesajul era în întregime într-o altă limbă. A reperat câteva cuvinte pe care le-a recunoscut ca fiind în franceză, așa că a copiat textul, a intrat pe un motor de căutare și a lipit următorul mesaj într-un traducător online:

Cher E-Z Dickens,

Je m'appelle François Dubois et j'ai sept ans. J'habite à Paris, en France, et j'aimerais faire partie de votre équipe de Superhéros. Vă întrebați poate ce competențe aș putea aduce echipei. Este o întrebare bună și voi fi fericit să vă răspund. Dar mă întreb dacă acest site este securizat.

Dacă doriți să-mi vorbiți mai mult, puteți să-mi trimiteți un e-mail direct. Adresa mea de e-mail este alăturată. Sunt nerăbdător să vă cunosc.

Prietenul tău,

Francois

A apăsat butonul de trimitere și a primit următoarea traducere:

Dragă E-Z Dickens,

Numele meu este Francois Dubois și am șapte ani. Locuiesc în Paris, Franța, și aș vrea să fac parte din echipa ta de supereroi. Te-ai putea întreba ce abilități aș putea aduce echipei. Este o întrebare bună și sunt bucuros să vă răspund. Dar mă întreb, este acest site sigur?

Dacă doriți să vorbiți mai mult cu mine, îmi puteți trimite un e-mail direct. Adresa mea de e-mail este atașată. Aștept cu nerăbdare să am vești de la dumneavoastră.

Prietenul tău,

Francois

Intrigat, a recitit mesajul de mai multe ori, gândindu-se la momentul potrivit. Se întreba dacă nu cumva era paranoic, gândindu-se că acest puști venit tocmai din Franța ar putea conspira cu The Furies. Chiar dacă era prea precaut, avea dreptul să fie și, în calitate de lider al echipei sale, era de datoria lui să se asigure că astfel de anchete erau legitime. Ar fi avut nevoie de ajutorul unchiului Sam pentru a verifica, dar deocamdată, ar fi pus câteva antene și ar fi văzut ce i se întâmpla.

A scris un mesaj rapid, fără să-l traducă. Puștiul putea folosi un motor de căutare, la fel ca și el și să găsească un traducător și după ce l-a recitit de câteva ori a apăsat pe SEND.

Dragă Francois,

îți mulțumesc pentru mesajul tău. Cum ai auzit de noi?Cu stimă,

E-Z.

Răspunsul lui Francois a venit atât de repede încât l-a făcut pe E-Z să se simtă și mai suspicios. De data aceasta, în engleză, scria:

Dragă E-Z,

Mulțumesc pentru răspunsul tău rapid.

Profesoara mea a văzut site-ul tău și am învățat despre tine și echipa ta în cadrul lecției noastre despre evenimente actuale.

Sper să primim vești de la tine în curând.

Prietenul tău,

Francois.

Cu siguranță a sunat legal. A tastat un alt mesaj, întrebându-l pe Francois ce fel de puteri de supererou avea de oferit echipei sale, pentru a putea discuta cu ei. Câteva momente mai târziu, Francois i-a trimis următorul mesaj:

Dragă E-Z,

Îți mulțumesc că mi-ai oferit ocazia de a-ți vorbi despre abilitățile mele de supererou.

În primul rând, ca și tine, nu am fost întotdeauna un supererou. Acesta este un lucru pe care îl avem în comun. De aceea m-am gândit că aș fi potrivit pentru echipa ta.

În loc să vă spun, aș vrea să vă arăt. Atașat este o invitație privată pentru a vizualiza canalul nostru YouTube - tatăl meu m-a ajutat. Linkul este disponibil doar pentru dumneavoastră, iar invitația de vizualizare va expira în douăzeci și patru de ore.

Aștept cu nerăbdare să primesc vești de la tine după ce îl vei vedea.

Prietenul tău,

Francois.

Curios și fără ezitare, E-Z a dat click pe link. A apărut un mesaj în care i se cerea să răspundă la o întrebare la care nu a avut nicio problemă să răspundă, întrucât era legată de baseball.

Odată intrat, a dat click pe clip, a dat volumul mai tare și a început imediat.

Prima persoană pe care a văzut-o, a fost un puști care s-a prezentat ca fiind Francois Dubois, în vârstă de șapte ani, prin intermediul textului care era tradus de el în partea de jos a ecranului.

Puștiul era înalt, foarte înalt. De fapt, stătea în picioare lângă mai multe bastoane de măsură. Tatăl său a făcut un zoom pentru a arăta că Francois, la vârsta de șapte ani, măsura deja 163 de centimetri (5 ft. 4 in.). În afară de înălțimea sa, Francois arăta ca orice alt copil de șapte ani, cu părul brun-roșcat, o pereche de ochelari groși cu margini întunecate pe nas, o cămașă în carouri, blugi albaștri și adidași negri.

"Bonjour E-Z!" a spus Francois, afișând un zâmbet care dezvăluia că îi lipseau cei doi dinți din față.

E-Z i-a răspuns cu un zâmbet, apoi i-a privit pe Francois și pe tatăl său discutând o chestiune în franceză, fără să fie asigurată vreo traducere. Discuția lor părea aprinsă, pe baza gesturilor mâinilor și a expresiilor faciale. A sperat că Francois nu avea de gând să încerce ceva periculos.

E-Z a privit cum Francois a continuat să meargă spre cel mai cunoscut punct de reper din Paris, Franța - Turnul Eiffel. Un panou de afară indica faptul că costul pentru a intra era pentru cei cu vârste cuprinse între 12 și 24 de ani era de 5 euro. Francois a închis ochii, apoi i-a deschis din nou. Stai puțin. Ceva se schimbase, poate că era vorba de iluminare.

A continuat să privească în timp ce Francois s-a poziționat lângă un alt semn pe care scria:

Expoziția Universală de la Paris, 15 mai 1889.

"WHOA!" a exclamat E-Z, încercând să-și dea seama la ce tocmai fusese martor. Călătorie în timp?

Francois a închis ochii și s-a întors lângă semnul original 12-24 ani 5 euro.

Camera a devenit neclară. De-a lungul părții de jos a ecranului au apărut cuvintele: "Un moment, vă rog".

Cu un clic, camera a început să filmeze din nou, dar de data aceasta, Francois se afla lângă Catedrala Notre-Dame de Paris. De la marele incendiu din 2019, aceasta era în curs de reconstrucție, iar schelele și macaralele lucrau intens.

Ca și înainte, Francois a închis ochii, apoi i-a redeschis.

"Nu se poate!" a exclamat E-Z.

Francois se afla în 1163, chiar în ziua în care a fost pusă prima piatră pentru marea catedrală Notre Dame.

E-Z a apăsat pe pauză. Oare să fie un fals? Bineînțeles că da. Cu tehnologia din ziua de azi, oricine poate falsifica orice. Și totuși, ceva în instinctul său îi spunea că era adevărat. Totuși, avea nevoie de o a doua opinie. Avea nevoie de Unchiul Sam.

Uitându-se la Francois în pauză pe ecran, E-Z a făcut clic pe start. Francois a făcut cu mâna când clipul s-a încheiat.

E-Z a făcut clic și s-a întors la căsuța de intrare. A apăsat răspuns și i-a scris următorul e-mail lui Francois:

Dragă Francois,

Îți mulțumesc că m-ai lăsat să-ți văd superputerea. Trebuie să vorbesc cu echipa. Dacă ne hotărâm să te acceptăm, cât de repede poți să ni te alături?

Prietenul tău,

E-Z

A așteptat o secundă și și-a recitit mesajul înainte de a apăsa butonul de trimitere. S-a gândit să schimbe DACĂ în CÂND. Nehotărât, s-a gândit la superputerea lui Francois de a călători în timp. Puștiul ar fi un plus extraordinar pentru echipă.

Totuși, trebuia să obțină o a doua opinie. Înainte de a se gândi la asta mai departe. I-a trimis un mesaj lui Sam: "Ai o secundă?".

Un nou e-mail i-a apărut în căsuța poștală cu cuvintele:

BUNĂ, E-Z,

Dacă mă accepți în echipă, poți să vii să mă iei?

Prietenul tău,

Francois.

La asta a trebuit să se gândească puțin.

El a răspuns:

Voi reveni la tine cât mai repede.

Prietenul tău,

E-Z.

Sam a intrat în bucătărie: "Ce mai faci, puștiule?"

"Îmi pare rău că te-am luat de la film."

"Oricum adormeam, așa că mă bucur că m-ai distrat."

"Am primit un e-mail prin intermediul site-ului nostru de la un puști din Franța care a cerut să se alăture echipei noastre. El și tatăl său au făcut un clip, l-am văzut deja. Are abilități impresionante. Aruncă o privire și spune-mi ce părere ai."

Sam a rămas tăcut pe tot parcursul. Când s-a terminat, a cerut să îl vadă din nou.

Când s-a terminat pentru a doua oară, E-Z l-a întrebat: "Ce părere ai?".

"Cred că ceea ce vedem este impresionant. Un băiat din Franța care călătorește în timp."

"Ne-ar prinde bine o astfel de superputere în echipa noastră".

"Exact", a spus Sam. "Și de aceea sunt suspicios în legătură cu asta. Ați corespondat cu băiatul?"

E-Z a răsfoit ceea ce se spusese până atunci.

"De unde știe el că nu ai avut superputeri toată viața?", a întrebat el.

"Da, la asta m-am gândit și eu. Dar cred că este o presupunere rezonabilă. E un copil inteligent".

"Adevărat", a spus Sam. "Te superi dacă dau un click, să văd ce pot găsi?".

E-Z a dat din cap, iar Sam a preluat controlul laptopului său. A verificat adresa IP, care părea să fie legitimă. Nu a avut nicio problemă în a-i urmări locația din Paris.

A căutat numele lui Francois, a aflat ce școală frecventa. A aflat că juca baschet. A aflat că era iscusit la ortografie. Nu părea să se bage în necazuri.

Apoi, Sam a găsit un anunț de deces al mamei lui Francois, care murise când el avea cinci ani. Cauza decesului nu era specificată, dar se cerea să se facă donații către Fundația pentru Cancerul de Sân din Paris.

"Totul părea să fie legal", a spus Sam.

"Totuși, cum putem fi siguri? Nu vreau să ne asumăm riscuri inutile".

"Singurul mod de a ști cu certitudine, ar fi să intervievăm copilul în persoană." A ezitat: "Hm, a întrebat când poți veni să-l iei. Acum că mă gândesc la asta, e o idee cam ciudată pentru un copil care călătorește în timp."

"Da, nu mă gândisem la asta."

"Un lucru e sigur E-Z, dacă cineva îl va lua, acela voi fi eu. E nevoie de tine aici."

"Apreciez oferta Unchiule Sam, dar viața ta în pericol nu este o opțiune."

"Bine", a spus Sam. "Ai auzit ceva de la Alfred?"

La momentul potrivit, Alfred a intrat în bucătărie. "CE?", a întrebat el.

ZAP

A sosit o pisicuță mică și pufoasă de culoare albă.

"Bonjour E-Z, mă numesc Poppet. Francois m'envoie."

"Oh, Doamne", a fost tot ce a spus E-Z.

Imediat, un e-mail de la Francois a sunat, care suna așa:

"A ajuns cu bine?"

Unchiul Sam a spus: "Ei bine, asta răspunde la întrebarea noastră".

E-Z a tastat: "Da, este aici".

ZAP

Poppet a dispărut.

"E atât de tare", a tastat Francois. "Când sunteți gata, dacă mă vreți în echipa voastră, o să încerc și eu."

"Ține-te bine deocamdată", a spus E-Z.

"Cum a știut Poppet unde locuim?". a întrebat Sam.

"Asta nu știu."

CAPITOLUL 21
DECIZIA FRANCOIS

A DOUA ZI, E-Z a convocat o reuniune de urgență a grupului. După ce toată lumea a fost așezată, a intrat direct în subiect.

"Un potențial nou membru a cerut să se alăture echipei noastre. Sam și cu mine am investigat cererea lui și totul pare legal."

"Sunt de acord cu această opinie", a spus Sam.

E-Z a dat din cap. "Francois este un călător în timp".

"Uau!" a spus Lia.

"Minunat!" a spus Lachie.

Ceilalți au avut comentarii similare, cu excepția lui Charles, care a întrebat: "Ce este un călător în timp?".

"Tu ești!" a spus Brandy.

"Este cineva care călătorește dintr-un timp în altul", a spus Lia.

"Poate că trebuie doar să aruncați o privire la acest clip și veți înțelege mai bine, vom înțelege cu toții mai bine ce poate face el." A aruncat o privire către Alfred: "Dar, înainte de a vorbi despre Francois, aș vrea să-i dau cuvântul lui Alfred, pentru ca el să ne pună la curent cu ceea ce a descoperit în carte. În locul tău, Alfred."

Lebăda trompetistă și-a curățat gâtul, în timp ce toate privirile se îndreptau spre el.

"Am trecut totul în revistă, în față, în spate, în lateral și mă tem că nu este de mare ajutor. Din moment ce Furiile au primit un mandat specific - și ele îl respectă (chiar dacă încalcă regulile), nici nu cred că Zeus le-ar putea pedepsi pentru ceea ce fac."

"Vrei să spui că este fără speranță?" a întrebat Brandy.

"Nu, nu spun că este fără speranță, dar pur și simplu nu văd o cale de ieșire. Asta dacă nu cumva ei nu știu ceea ce știm noi".

"Și anume?" A întrebat Brandy.

"Planul lui Eriel. Cum se folosea de ei. Unde se află Eriel. Cum de este incomunicat".

"Adevărat, probabil că se întreabă de ce nu comunică cu ei", a spus Lachie.

"Și asta ar putea crea neîncredere", a adăugat Brandy.

"Și dacă", a spus Sam, "această informație le-a fost dezvăluită?" "Mă gândeam la același lucru", a spus Samantha. "Poate că, fără el, s-ar întoarce cu coada între picioare și ar fugi".

"S-ar putea totuși să se întâmple invers. Fără ca el să-i țină în lesă, s-ar putea să o facă. Ei bine, cine știe ce ar face!" a spus E-Z.

"Au adunat deja o mulțime de suflete", a spus Lia. "Cred că E-Z are dreptate. Faptul că știu că el nu mai este în peisaj i-ar putea face mai îndrăzneți."

Alfred a observat că discuția se lovea de un zid: "Deci, hai să vorbim despre abilitățile de superputere ale lui Francois. El este un călător în timp. Cum ar putea să ne ajute?"

"Încă un lucru", a început E-Z, "și Unchiul Sam este cel care a observat acest lucru, așa că poate că el ar fi cea mai bună persoană pentru a explica acest lucru."

"Nu, continuă tu", a spus Sam.

"Francois a trimis o pisicuță aici."

"O pisicuță?" a întrebat Sobo.

"Da. O chema Poppet și a sosit în bucătărie. Am primit imediat un mesaj de la Francois care m-a întrebat dacă a ajuns cu bine. A spus "bună ziua" - da, putea să vorbească. La confirmarea că a ajuns în siguranță, a ieșit din nou afară. Întrebarea pe care Sam a pus-o mai târziu a fost: cum de știa unde locuim?"

"Stai puțin", a spus Charles. "Nu mi-a spus cineva că adresa voastră a fost publicată pe internet?".

"Am auzit și eu asta", a spus Brandy.

Sam a spus: "Uau, asta pare că a fost cu mult timp în urmă, dar este adevărat".

S-au adunat în jurul lui Sam și au văzut casa lor online conectată la site-ul web pentru ca toată lumea din lume să o vadă.

"Ei bine, nu există nicio îndoială. Dacă ei știu cine suntem, atunci știu și unde suntem", a spus Sam. "Doar dacă..."

"Dacă nu cumva ce?" a întrebat E-Z.

"Dacă nu cumva nu sunt atât de pricepuți la tehnologie pe cât credem noi că sunt."

Sobo a spus: "Nu subestimați niciodată un inamic. Așa devin răufăcătorii nevrednici eroi."

"Bine, mai întâi să îl urmărim pe Francois călătorind în timp și apoi să facem un brainstorming despre cum ne-ar putea ajuta să le învingem pe Furii", a spus E-Z.

Au urmărit clipul în tăcere. Când s-a terminat, E-Z a spus: "Voi tasta lista. Cine vrea să înceapă?"

"Nu", a spus Sam. "Cred că ar trebui să o scriem în mod tradițional. Știți voi, cu pix și hârtie". A băgat mâna în sertarul din bucătărie și a scos un blocnotes pe care îl foloseau pentru listele de cumpărături și un pix. "Tu du-te și fă-ți ideile, eu voi fi secretarul. Și nici măcar nu trebuie să-mi plătești un salariu."

Câteva râsete și chicoteli, apoi ideile au început să curgă:

#1. Francois ar putea să se întoarcă în timp, să afle ce s-a întâmplat cu PJ și Arden și să oprească totul.

#2. Francois ar putea să se întoarcă în timp și să împiedice uciderea tuturor copiilor.

#3. Francois ar putea să se întoarcă în timp și să împiedice uciderea părinților lui E-Z, să împiedice accidentul lui.

#4. Idem în ceea ce privește accidentul Liei.

#5. Idem în ceea ce privește accidentul familiei lui Alfred.

#6. Idem cu privire la Lachlan închis într-o cușcă.

Interludiu.

Haruto era fericit cu noua lui familie. Sfârșitul poveștii.

Brandy a fost de acord cu posibilitatea de a muri și de a reveni la viață din nou, deși a întrebat dacă întoarcerea la ziua audiției era o opțiune viabilă. Această cerere a fost refuzată în unanimitate.

Charles, de asemenea, nu a avut regrete.

Sesiunea de brainstorming a fost reluată:

#7. Francois ar putea să se întoarcă în timp, înainte ca Furiile să fie create, pentru a se asigura că au primit un călcâi al lui Ahile.

#8. Francois ar putea să se întoarcă în timp, în prima zi în care Erlel s-a întâlnit cu The Furies. El ar putea fi un spion. Sau ar putea să se asigure că nu s-au întâlnit niciodată?

#9. Dacă Poppet putea să intre și să iasă, ar putea Francois să facă același lucru?

Alfred a spus: "Stai puțin. E o nebunie totală, dar dacă Francois s-a întors și a anulat The Furies din existență".

"Wow, asta e o idee excelentă!" a spus E-Z. "Dar în toate poveștile pe care le-am citit despre călătoria în timp, joaca cu viețile și schimbarea evenimentelor este întotdeauna dezaprobat."

"Da, îmi amintesc asta din Înapoi în viitor. Dar, din experiență personală", a explicat Brandy, "când mor și mă întorc din nou, e ca și cum evenimentele care au dus la moartea mea nu s-au întâmplat niciodată. E ca un vis, dacă înțelegi ce vreau să spun."

"Sam s-a întins și a bâiguit. "Copiii se vor trezi în curând. Nu vreau să depășesc limitele de conducere ale lui E-Z, dar cred că trebuie să petrecem ceva timp de gândire înainte de a lua orice măsură."

"De acord. Mulțumesc tuturor pentru o sesiune excelentă de brainstorming", a spus E-Z.

Și ședința a fost suspendată.

CAPITOLUL 22
LAPTE CĂLDURĂTOR

IA ȘI CEILALȚI ȘI-AU petrecut ziua făcându-și propriile treburi. Seara, epuizată, s-a răsucit, dar nu a putut dormi. Frustrată după ore întregi de nesomn și îngrijorare continuă, a coborât jos pentru un pic de lapte cald.

A băgat o cană în cuptorul cu microunde, a apăsat 40 de secunde, apoi a apăsat start. În timp ce ceasul număra invers, ea a urmărit numerele 39, 38, 37, 36 etc., până când a apărut numărul 33. A fost ultimul număr pe care l-a văzut.

"Uh, bună ziua, Little Dorrit", a spus ea, dorindu-și să își fi pus halatul pe ea. "Unde mergem?"

"Suntem într-o misiune", a spus unicornul. "Unde mergem?"

"Nu știi pe cine?"

"Nu. Îmi vedeam de treaba mea când m-ai chemat Lia, nu-ți amintești?".

"Nu te-am chemat eu", a spus Lia. "Nu m-am culcat încă. E ciudat."

Unicornul a înghețat în aer.

WHOOSH

Micuța Dorrit a decolat cu toată viteza.

"Argghh!" a strigat Lia, ținându-se de viață. "Ce se întâmplă? De ce mergi atât de repede?"

"Nu știu", a spus unicornul. "E ca și cum cineva sau ceva a preluat controlul asupra mea." A încercat să se oprească, așa cum făcuse cu doar câteva momente înainte. Acum, indiferent ce făcea, nu se putea opri. Și nici nu putea să încetinească.

"Ține-te bine!" a strigat Micuța Dorrit, în timp ce trupul ei a început să se rostogolească înainte cu capul în jos. "Oh, nu!"

a țipat Lia, dar s-a ținut de viață. În cele din urmă s-au oprit din rostogolire, dar în loc să încetinească, au accelerat și mai mult.

Tot mai departe au zburat, în timp ce noaptea se transforma în zi. Pe măsură ce soarele își croia drum pe cer, distanța dintre el și ei se micșora.

"Simt că îmi arde pielea!" a exclamat Lia.

"La fel și blana mea", a spus Micuța Dorrit. "Lasă-mă să încerc să ne întorc din nou." Ea a încercat și, ca și înainte, s-au rostogolit cu capul în sus, cu capul în jos, micșorând distanța dintre ele și soarele arzător.

"Trebuie să ne întoarcem!" a strigat Lia. "Dacă nu o facem, suntem terminați."

"Dar se pare că nu pot să mă opresc. Se pare că nu pot să fac nimic. Așteaptă, o să cer ajutorul lui Baby."

Cu soarele în flăcări ca fundal, trei creaturi înaripate au apărut la vedere. Se țineau de mână, în timp ce veșmintele lor înnegrite se învârteau și se răsuceau în jurul trupurilor lor.

SNAP!

SNAP!

SNAP!

a fost sunetul care a umplut aerul, sunetul unui bici care pocnea, în timp ce Lia și Micuța Dorrit erau trase spre el ca și cum ar fi fost pe o rază tractoare. Tunetul se rostogolea, deși nu se vedea nicio furtună, în timp ce ghearele soarelui se întindeau spre ele, amenințând să le dezintegreze însăși existența.

"Suntem terminați!" a spus Lia. "Mulțumim că ați încercat să ne salvați". Ea a îmbrățișat unicornul. "Cu siguranță aș fi vrut să ai frâiele. Atunci poate te-aș putea întoarce."

ZAP!

Au apărut frâiele.

Lia și-a înfășurat mâinile în jurul lor, dar înainte de a putea prelua controlul asupra lor, acestea s-au topit în nimic.

"Ai dreptate, cred că suntem terminați", a spus Micuța Dorrit. Din ochii ei curgeau lacrimi de sticlă.

BONJOUR

A apărut Francois: "Pot să vă fiu de ajutor?".

"Sigur că poți", a exclamat Lia. "Scoate-ne naibii de aici!"

"Închide ochii și ține-te bine", a spus Francois.

Lia și Micul Dorrit tremurau de frică.

DING. DING. DING.

Cuptorul cu microunde. Bucătăria.

Lia a căzut pe podea.

Micuța Dorrit a aterizat în siguranță într-un pârâu răcoros, unde s-a stropit, apoi s-a îndreptat spre casă.

"Unde ai fost?" A întrebat Baby.

"Cred că nu ai primit mesajul meu. Nu contează. Sunt prea obosită", a spus Micuța Dorrit. "O să-ți povestesc mâine dimineață."

CAPITOLUL 23
ZIUA URMĂTOARE

A FOST RâNDUL LUI Sobo să pregătească micul dejun, ea a fost cea care a găsit-o pe Lia, pe podea, rulată ca un ghem de lână aruncat.

Sobo a scos un țipăt: "Vino repede! Lia noastră are nevoie de ajutor!"

Samantha a fost prima care a sosit. Și-a apăsat imediat buzele pe fruntea Liei pentru a verifica dacă are temperatură, apoi a strigat la soțul ei să aducă termometrul pentru a verifica de două ori.

"Temperatura ei este de 107,7", a confirmat Sam. "Trebuie să o ducem la spital".

Samantha a sunat la 911 în timp ce Sam a luat-o pe Lia în brațe și a dus-o și așezat-o pe canapea și au așteptat ambulanța.

"Voi ține eu locul", a spus Sam, în timp ce soția lui și Sobo îi urmau pe paramedicii care o cărau pe Lia inconștientă pe o targă.

În timp ce ambulanța se îndepărta de bordură cu sirena aprinsă, Lia a deschis ochii și a încercat să se ridice.

"Mă simt bine", a spus ea.

Paramedicul i-a verificat din nou temperatura și aceasta era normală. A ridicat din umeri.

Până au ajuns la spital, Lia era din nou în apele ei și voia să se întoarcă din nou acasă - acum.

"Deși semnele ei vitale sunt bune acum, din moment ce ne-ați chemat, trebuie să le urmărim. Lia va fi internată, iar după ce medicul de gardă îi va da undă verde, va putea pleca acasă."

"Măcar lăsați-mă să intru", a spus asistenta, în timp ce șoferul a deschis ușile.

"Nu, domnișoară, tu rămâi pe loc", a spus el, în timp ce se pregăteau să aducă targa și pe ocupanta ei înăuntru, cu Samantha și Sobo în urma lor.

Samantha i-a trimis lui Sam un mesaj de actualizare. El i-a răspuns cu un emoji cu degetul mare în sus, exact când ea a intrat practic în părinții lui PJ și ai lui Arden, care erau pe cale să iasă.

"S-au trezit! Băieții noștri sunt treji!"

"Amândoi?" a exclamat Samantha, în timp ce îi transmitea această ultimă informație lui Sam, care, și-a trezit nepotul pentru a-i spune vestea cea bună.

"Vin imediat!" a spus E-Z după ce a chemat un taxi.

CAPITOLUL 24
SPITALUL

E-Z ERA ÎN DRUM spre cei doi cei mai buni prieteni ai săi. În taxi, mintea lui repeta la nesfârșit vestea cea bună. Se întâmplase atât de multe. Atât de multe lucruri pe care le pierduseră. Atât de multe lucruri pe care trebuia să le spună. Voia să le spună.

"Știți în ce cameră?", a întrebat asistenta.

I-a spus că nu, iar ea i-a găsit-o repede. După ce i-a mulțumit, a luat liftul și s-a îndreptat spre camera lor, întrebându-se dacă ar trebui să le cumpere ceva. Flori? Bomboane. S-a hotărât să le întrebe dacă au nevoie de ceva.

Ajungând chiar în fața ușii lor, înăuntru a putut să le audă vocile și a tras cu urechea câteva clipe, înainte de a-și face simțită prezența. Apoi a respirat adânc, încercând să-și stăpânească emoțiile să nu-l copleșească - nu voia să devină sentimental și să se facă de râs...

"Intră înăuntru, moale mare!". a spus PJ.

"Ahhhhh, i-a fost dor de noi!". a spus Arden.

"N-ar trebui să arătați mai bine după atâta somn de frumusețe? Apropo, amândoi aveți nevoie de un bărbierit!".

"Nu vrem să vă punem în umbră și eu cam trăiesc senzația de mustață", a spus Arden.

"Știm că vă place atenția! Văd că și peria ta pentru sticle ar avea nevoie de o tunsoare!"

Mama lui PJ, care tocmai se întorsese în cameră, i-a șoptit lui E-Z că nu voiau ca băieții să exagereze, deoarece erau treji doar de câteva ore.

După ce au stat puțin de vorbă, E-Z și-a îmbrățișat ambii prieteni și a spus că trebuie să plece. "O să mă întorc", a promis el, "și o să mă strecor cu un burger sau doi - am auzit că mâncarea din spital este foarte, foarte proastă".

"Nu vei face asta!" a spus mama lui Arden în timp ce se întorcea și ea în cameră.

Și-a dat scaunul pe spate, cu mama lui Arden cu fața la el, iar cei doi prieteni ai săi și-au împreunat mâinile, implorându-l să le aducă mâncare.

În timp ce se îndrepta pe coridor, nu-i venea să creadă cât de mult îi lipsiseră - și cât de bine arătau. A coborât cu liftul la Urgențe, unde i-a găsit pe Samantha și pe Sobo.

"Vreo veste?" a întrebat E-Z.

"Era bine furioasă că o făceau să rămână pentru a o verifica", a spus Samantha. "Dar mă voi simți mai bine după ce va primi undă verde și vom putea pleca de aici."

"Și eu", a spus E-Z. "Lasă-mă să mă duc să arunc o privire". S-a împins de-a lungul coridorului. Ascultând în timp ce mergea vocile din interiorul unei zone cu perdele pe care a considerat că erau stațiile de preadmitere. În cele din urmă, a auzit vocea Liei înăuntru și a intrat.

"Vă rog să așteptați afară", a spus asistenta.

"Dar ea este sora mea".

"Vreau să merg acasă - acum!", a cerut ea, apoi și-a încrucișat brațele peste piept.

"Vei fi externată de îndată ce medicul va spune că poți fi externată. Și nici o clipă mai devreme."

"Ce mai faci? Mama își face griji pentru tine."

"O să vă las singuri să stați de vorbă", a spus asistenta. "Doctorul ar trebui să vină foarte curând. Oh, și asigurați-vă că rămâne calmă."

"Uh, mulțumesc", a spus E-Z.

După ce a plecat, s-au îmbrățișat.

"Micuța Dorrit și cu mine aproape că am fost arse de soare!", a spus ea. I-a povestit lui E-Z totul, așa cum s-a întâmplat, de la început până la sfârșit.

"Interesant este că Francois a fost cel care te-a salvat".

"Nu știu de unde a știut. Micuța Dorrit și cu mine am crezut că suntem pierdute. Erau cu siguranță The Furies. Au vrut să ne dea foc! Ne-au pârlit. Sunt niște vrăjitoare oribile și rele!"

"Erau și șerpi?" a întrebat E-Z.

"Șerpi și bice".

"Seamănă foarte bine cu The Furies". E-Z a ezitat. A schimbat subiectul. "Ai auzit despre PJ și Arden?".

Ea a clătinat din cap.

"S-au trezit!"

"Nu se poate! E o coincidență ciudată, nu crezi? Încearcă să ne elimine pe mine și pe Micuța Dorrit, iar între timp cei doi prieteni în comă se trezesc."

"Ai dreptate, cred că totul este legat."

Samantha a împins cortina înapoi, "Ce este legat?" Și-a îmbrățișat fiica. "Cum te simți acum, iubito?"

"Nu sunt un copil", a spus Lia. "Dar mă simt mai bine și vreau să merg acasă. După ce mă voi vizita cu PJ și Arden."

Sobo a intrat înăuntru. A îmbrățișat-o pe Lia.

"Ce s-a întâmplat cu tine?", a întrebat ea.

Din nou, Lia a explicat totul. Mama ei nu a primit-o la fel de bine ca Sobo. E-Z s-a repezit și i-a turnat lui Sam un pahar cu apă. În timp ce Sobo avea o mulțime de întrebări. "Încălzeai laptele, în cuptorul cu microunde?".

Lia a dat din cap.

"Și atunci ai fost scoasă din bucătărie?".

"Da, și direct pe spatele Micuței Dorrit. Micuța Dorrit a spus că am chemat-o, dar nu am făcut-o."

"Și apoi ce s-a întâmplat?" a întrebat Sobo.

"Ei bine, Micuța Dorrit zbura și stăteam de vorbă și, când niciunul dintre noi nu știa unde mergem sau de ce, ne gândeam să ne întoarcem. Următorul lucru pe care îl știam, Micuța Dorrit și cu mine eram forțați să ne apropiem din ce în ce mai mult de soare, fără să avem puterea de a ne întoarce."

"Dar tu și Micuța Dorrit nu îndepliniți criteriile Furiei. Nu ar trebui să vă poată atinge pe niciunul dintre voi!" a exclamat E-Z.

Samantha a spus: "Poate că este doar o coincidență.

Sobo și-a repetat sfatul de mai înainte: "Nu subestima niciodată un dușman".

După ce Lia a primit permisiunea de a merge acasă, ea și E-Z i-au surprins pe PJ și Arden cu cheeseburgeri și cartofi prăjiți pe care i-au adus pe ascuns.

Pe drumul spre casă, în taxi, cu Samantha, Sobo și Lia, E-Z se gândea la un singur lucru și numai la un singur lucru. Furiile o atacaseră pe Lia și pe Micuța Dorrit și eșuaseră. Nu numai că eșuaseră - mulțumită lui Francois - dar cumva, cumva, universul îi trimisese înapoi pe PJ și Arden.

Coincidență? El nu credea. În schimb, ceea ce voia să creadă, era că puterile Furiei se diminuau dacă se aventurau în afara mandatului lor.

Oricum ar fi fost, el și echipa lui trebuiau să fie gata în orice moment să profite de situație.

Aceasta ar putea fi singura lor șansă.

Singurul avantaj în favoarea lor.

CAPITOLUL 25
SOBO

"TREBUIE SĂ MAI PUN o întrebare", i-a cerut Sam lui E-Z înainte ca toată lumea să intre la ședință.

"Bine, întreabă", a spus E-Z.

"Ei bine, mă întrebam de ce Rosalie nu știa despre Francois."

"Eu", a fost tot ce a reușit E-Z să spună înainte ca Brandy și Lia să intre în bucătărie.

"Nu ne băgați în seamă", a spus Brandy, în timp ce a început să deschidă frigiderul, să scoată sucul de portocale și să-l termine înainte de a arunca recipientul în coșul de reciclare.

"Uh, ar trebui să clătești asta mai întâi", a spus E-Z, ceea ce Brandy a făcut. Apoi s-a trântit pe un scaun și și-a șters gura cu dosul mâinii.

"Îmi pare rău, nu am vrut să fiu nepoliticoasă, știi tu, oprindu-mă brusc cum am făcut-o. Am vrut să fim cu toții aici pentru a discuta despre preocupările unchiului Sam."

"Destul de corect", a spus Lia, luând loc alături de Brandy.

Unul câte unul, ceilalți au sosit și și-au ocupat locurile în jurul mesei.

E-Z a început prin a-i pune pe toți la curent cu recuperarea miraculoasă a lui PJ și a lui Arden, care a fost urmată de aplauze furtunoase din partea tuturor, inclusiv a celor care nici măcar nu-i cunoscuseră încă.

"În continuare, pe ordinea de zi și cred că aceste două puncte ar putea fi legate, Lia și Micul Dorrit au fost păcălite să părăsească casa și viețile lor au fost puse în pericol. Dacă nu ar fi fost Francois, The Furies, pe care noi le considerăm responsabile, ar fi putut reuși."

"Bravo Francois!" a spus Charles.

"Cum ai fost păcălit?" a întrebat Brandy.

"Unde s-a întâmplat?" a întrebat Lachie.

"Lia, vrei să povestești?" a întrebat E-Z. Ea a clătinat din cap, nu. "Intră dacă îmi scapă ceva", a spus el. A mers mai departe și a explicat ce s-a întâmplat și de ce credeau că The Furies erau responsabile.

"De atunci, m-am tot gândit la The Furies și la mandatul lor. După cum știm, ele trebuie să îl urmeze. Când au încercat să le ucidă pe Lia și pe Micuța Dorrit, au încălcat regulile. Ce motiv ar fi putut da, pentru a încerca să o ucidă pe Lia sau pe Micuța Dorrit? Nu numai că au încălcat mandatul lor, dar au și eșuat. Acum, gândiți-vă la ce s-a întâmplat exact în același timp - mă refer, desigur, la PJ și Arden - au ieșit din comă. Coincidență? Nu cred că da.

"Și cu cât le conectez mai mult în mintea mea, cu atât mai mult mă întreb dacă nu cumva The Furies ar putea fi slăbite. Dacă am dreptate, atunci acum ar putea fi momentul potrivit pentru noi să le doborâm."

"Este posibil", a spus Alfred, "dar îmi amintesc că am citit despre Einstein în timpul școlii mele - ceea ce ar putea dovedi contrariul. Adică, s-ar putea să nu fi fost deloc The Furies. S-ar putea să fi fost o perturbare a continuumului spațiu-timp. Din moment ce Francois a reușit să-i salveze și niciunul dintre noi nu a știut că se întâmplă, pare o posibilitate care merită investigată, nu crezi?"

Sam s-a plimbat. "Având în vedere tot ceea ce știm despre Furii și ceea ce îmi amintesc din studiile mele despre Einstein - pentru a avea măcar o șansă de a îndoi continuumul spațiu-timp, Lia și Micuța Dorrit ar fi trebuit să călătorească mai repede decât lumina - 186.282 mile pe secundă. Dacă mergeați atât de repede, v-ați fi deplasat înapoi în timp, nu înainte."

"Noi călătoream repede, dar nu atât de repede", a spus Lia.

"Spune-ne din nou ce s-a întâmplat, Lia. Cadru cu cadru. Până în momentul în care a apărut Francois", a spus Alfred.

Povestea Liei a început în bucătărie și s-a încheiat cu ea în spital.

Prin ridicarea mâinii, toți au votat că ei credeau că Furiile sunt responsabile, dar totuși nimeni nu a putut explica de ce Francois știa sau cum a fost chemat.

"L-ai chemat?" a întrebat E-Z. "Adică, de unde știa el? Lucru pe care intenționez să-l întreb."

"Ceea ce mă aduce înapoi de unde am pornit astăzi", a spus Sam. "Iar întrebarea mea este: de ce nu a știut Rosalie despre Francois."

"Și ce mai face Micul Dorrit?" a întrebat Sobo.

"Nu știu despre Francois, dar unicornul dormea când am ieșit să iau niște iarbă în această dimineață."

"Ah, asta e bine", a spus Lia.

"Poate că doctorii au o explicație de ce PJ și Arden s-au trezit când s-au trezit?". a întrebat Sam.

"Este adevărat, s-ar putea, dar nu văd ce importanță are pentru noi. Nu chiar. Principalul lucru este că s-au trezit și încă nu știm dacă Furiile au fost responsabile pentru ei. Cu toate acestea, avem dovezi despre ceea ce au făcut altor copii și, într-un fel sau altul, trebuie să le facem să plătească. Și trebuie să le facem să se oprească."

"Poate că doctorii au o explicație de ce PJ și Arden s-au trezit când s-au trezit?" a întrebat Sam.

"E adevărat, s-ar putea, dar nu văd ce importanță are pentru noi. Nu chiar. Principalul lucru este că s-au trezit și încă nu știm dacă Furiile au fost responsabile pentru ei. Cu toate acestea, avem dovezi despre ceea ce au făcut altor copii și, într-un fel sau altul, trebuie să le facem să plătească. Și trebuie să le facem să se oprească."

"Aici! Aici!" a spus Charles, dând cu mâna pe masă.

"Putem să mai vorbim puțin despre Francois?", a întrebat Brandy.

"Și dacă nu vrea să ne spună nimic", a întrebat Charles, "decât dacă îl acceptăm ca membru al echipei?".

"Charles are un punct de vedere valabil", a spus E-Z. "Sunt pregătit să folosesc asta ca pe un test cu Francois. Dacă nu vrea să ne spună ce știe, atunci poate că nu este menit să fie unul dintre noi."

"Dar dacă este un mincinos foarte bun?" a întrebat Brandy. "Și unii oameni sunt mincinoși excelenți."

Lia a spus: "Ce-ar fi să facem un apel Zoom? Putem discuta cu toții cu el, să vedem despre ce este vorba și apoi să votăm asupra lui? Eu sunt deja pregătită să votez "da"."

"Nu", a spus E-Z. "Nu vreau ca el să știe despre Charles, Haruto, Lachie sau Brandy. Tot ce știe acum este ceea ce poate găsi pe internet."

"Și totuși", a intervenit Sam, "Poppet a reușit să intre în casa noastră".

"Da, asta e," a spus E-Z.

"În plus, el ne-a salvat pe mine și pe Micuța Dorrit - deci știe despre ea."

""Am impresia că ne învârtim în cerc", a spus Alfred. "Între timp, tot mai mulți copii mor și intră în Prinzătorii de Suflete care aparțin altora care au murit", a spus Alfred. "Am sperat atât de mult că vom fi mai departe, după ce am descifrat informațiile din carte."

"Stai puțin", a spus E-Z. "I-a văzut cineva pe Hadz și Reiki astăzi?".

Nimeni nu i-a văzut.

Telefonul lui E-Z a sunat. A venit un mesaj lung de la PJ și Arden:

"Nu ne întrebați cum, dar știm că The Furies vin spre voi. Și da, avem un plan. Trebuie să știm în momentul în care le vezi. Trimite-ne un mesaj - și Haruto".

E-Z a răspuns. "What????"

"Ai încredere în noi", a trimis PJ un mesaj.

Amândoi au făcut schimb de emoticoane cu degetul mare în sus, apoi le-a explicat situația lui Haruto și celorlalți.

Știind că The Furies erau pregătite să înceapă lupta acum, pe teritoriul inamiculului lor și fără liderul lor Eriel, E-Z s-a simțit neliniștit. Pierduseră totuși elementul surpriză, mulțumită lui PJ și Arden.

Totuși, a sta și a aștepta ca ei să sosească nu era cea mai bună dintre strategii.

Dar acum aveau avantajul. Tot ce trebuiau să facă era să stea și să aștepte - și să spere.

CAPITOLUL 26
VIZITATORI NEAȘTEPTAȚI

Toți ÎȘI VEDEAU DE treburile lor, încercând să se țină ocupați în timp ce așteptau. Apoi, chiar și prin pereții de cărămidă, o duhoare de neevitat a pătruns.

"Ce este?" a strigat Lia, ținându-și nasul închis cu degetele. "Încă mai simt mirosul!"

Brandy făcea același lucru cu mâna dreaptă, iar cu mâna stângă pulveriza odorizant prin cameră, care, în loc să diminueze puterea duhoarei, părea să îngroașe aerul și să o potențeze.

"Hai să mergem afară!" a spus Lachie. "Poate că e mai bine afară?". A aruncat ușa, deși logica îi spunea că dacă mirosul era rău înăuntru trebuia să fie mai rău afară. La început, simțurile lui au fost păcălite și nu a simțit niciun miros. Oare se obișnuise cu el?

Oare Furiile bombardau cu bombe urât mirositoare interiorul casei?

Apoi le-a zărit pe Micuța Dorrit și pe Baby, care se învârteau deasupra. "Nu e mai bine aici sus!" a spus Baby.

"Indiferent cum mergem!" a adăugat Micuța Dorrit.

Apoi l-a lovit din nou, duhoarea ca o palmă peste față și pentru o clipă și-a pierdut echilibrul. A zărit frânghia de rufe și cuierele și a alergat spre ele. Și-a prins una pe nas și, iată, nu mai mirosea nimic. Le-a făcut semn Micuței Dorrit și lui Baby să coboare și, când au coborât, a aplicat cuișoarele necesare (nasurile lor aveau nevoie de mai multe) până când nici ele nu au mai simțit mirosul urât mirositor.

"Mulțumesc", au spus Micuța Dorrit și Baby, în timp ce se ridicau de la pământ. "O să stăm cu ochii în patru".

Lachie le-a făcut un semn cu degetul mare în sus, apoi a observat că pe aleea care ducea spre gardul era un pic de gălăgie în grădină. Un grup de creaturi formau un cerc, ca și cum ar fi avut o întâlnire. S-a îndreptat spre el, în timp ce o bufniță s-a ridicat de pe o creangă și a aterizat pe umărul lui.

"Uh, bună ziua", a spus el, uitându-se în ochii bufniței. "Ne-am mai întâlnit înainte?" Bufnița a dat din cap și atunci a recunoscut cine era. Era Sobo. "Când ai spus că superputerea ta este transformarea, nu m-am gândit la tine așa!"

"Haruto nu știe", a spus ea. "Cel puțin nu cred că își amintește de mine - încă." A zburat înapoi spre grupul de creaturi: "Vino alături de noi", a spus ea.

Lachie s-a plimbat printre ele, fiind prezentat rând pe rând unui cerb pe nume Oboe, unui raton pe nume Charlie, unei vulpi pe nume Louise, unei păsări (Blue Jay) pe nume Lenny și unei a doua păsări (Cardinal) pe nume Percy.

"Am venit, ca să ajutăm", a spus căprioara Oboe, "dar ne este foarte frică de Furii".

"Lăsați-mă pe mine să le văd!" a exclamat ratonul Charlie. "O să le scot ochii cu ghearele."

"Și eu o să le smulg gâturile!" a strigat vulpea Louse.

"Uau! Stai puțin!" a spus Lachie. "Asta nu e lupta ta. Deși apreciez funcția ta de a ne ajuta, de ce nu ne dai o șansă mai întâi? Dacă avem nevoie de ajutorul tău, voi fluiera și poți intra atunci?"

"Are dreptate", a spus Sobo. "Deși, nu se referă la mine." S-a uitat la Lachie, pentru a se asigura că presupunerile ei erau corectate și a răspuns cu o mișcare din cap. "Trebuie să-mi protejez nepotul și pe ceilalți."

Lenny și Percy, celelalte două păsări, ciripeau între ele.

Sobo, care fusese calm, a început acum să dea din aripi într-un mod foarte neregulat, repetând: "Vin lucruri rele! Vin lucruri groaznice! Se apropie lucruri îngrozitoare!"

"Shhh, Sobo", a spus Lachie, încercând să o liniștească. "Suntem pregătiți și ei nu știu că noi știm că vin."

THUMP THUMP THUMP THUMP THUMP THUMP
THUMP THUMP THUMP THUMP THUMP THUMPING
THUMP THUMP THUMP THUMP THUMP THUMPING
era sunetul pe care îl scotea pământul de sub picioarele lor, pulsând ca o inimă care încerca să iasă din piept.

Bătaia a fost urmată de tobe.

Apoi, de un zvâcnet.

"Vin Furiile!

Vin Furiile!

Vin Furiile!"

În timp ce cerul de deasupra lor se agita

și se întorcea.

Și ardea.

De la un albastru strălucitor la un roșu portocaliu sângeros.

Vecinii au ieșit afară, așa cum fac vecinii, pentru a vedea ce era cu mirosul acela urât mirositor. Unii parcagii gălăgioși au leșinat când simțurile le-au fost copleșite, iar alții au adus popcorn pe verandă pentru a mânca și a privi.

Habar nu aveau ce fel de pericol se îndrepta spre ei.

Și totuși, existau indicii.

Șoaptele zbuciumate.

Trosnetul de trosnet de trosnet.

Cu toate acestea, mulți nu s-au retras înăuntru, în siguranța caselor lor.

În schimb, și-au mâncat popcornul și și-au băut sucurile, așteptând în același timp.

GAPING

Fără să FUGIM.

În timp ce chiar pământul de sub picioarele lor era TROSCAU, TROSCAU, TROSCAU, TROSCAU.

THUMP THUMP THUMP THUMP THUMP THUMP THUMP THUMP THUMP THUMP THUMP THUMPING

Apoi bătăile au fost urmate de tobe.

Apoi de bubuituri.

"Vin Furiile! Vin Furiile! Vin Furiile!"

✳✳✳

"**S**ă MERGEM AFARă!" A exclamat E-Z. "Și să-i înfruntăm cu capul înainte!" A aruncat ușa din față larg deschisă, astfel încât aceasta s-a izbit de perete.

Brandy, Lia, Haruto, Charles și Alfred se aflau în spatele lui, gata să intre în acțiune în momentul în care li se va ordona.

A aruncat o privire peste umăr, ca să-i vadă pe Sam și pe Samantha ieșind: "Nu și pe voi", a spus el. "Copiii au nevoie de voi înăuntru. Lasă-ne pe noi."

Sam și Samantha s-au retras.

Acum cei patru soldați erau unul lângă altul pe peluza din față, așteptând. Pentru un străin ar fi putut părea ca un grup de copii care așteptau sosirea autobuzului școlar într-o zi normală de școală. Dar aceasta nu era o zi normală. Era Armaghedon.

Brațele Liei se agitau și tremurau în timp ce-și căuta mintea, se deschidea la mintea ei, sperând să descifreze că superputerile ei i-ar fi permis să acceseze mințile Furiei. Că va fi capabilă să se expună și să găsească orice indiciu, orice informație care să-i ajute echipa - dar mintea ei rămânea goală.

Alfred spuse: "Voi zbura până pe acoperiș. Să văd ce pot să văd".

E-Z a dat din cap. "Păstrați-vă în siguranță. Oh, și vezi dacă îi poți găsi pe Lachie și pe Sobo." Îi zărise deja pe unicorn și pe dragon zburând deasupra lor. Le-a arătat cu degetul mare în sus.

Un fluierat puternic, iar Baby a plonjat în jos, Lachie i-a sărit în spate și o împreună s-au alăturat lui Alfred pe acoperiș. O bufniță a aterizat lângă ei.

"Ăsta e Sobo", a spus Lachie.

"Vezi ceva?" a întrebat E-Z.

Alfred a fluturat din aripi: "Vine spre noi un raft uriaș, de mărimea unui iceberg, dar se mișcă repede".

E-Z a încercat să și-l imagineze în minte, dar nu a putut, pentru că cum naiba ar fi putut el și echipa lui să oprească așa ceva? Cum?

"Se îndreaptă spre noi ca un tsunami", a spus Alfred.

"Dar nu este făcut din apă", a spus Lachie. "Părea că este făcut din nisip. Un val de nisip. Care transporta trei femei îmbrăcate în negru."

Un val de nisip, da, acum și-l putea imagina. "ETA? Adică ora estimată de sosire?" a întrebat E-Z.

"Greu de spus", a spus Alfred. "Câteva minute..."

În tot acest timp, sub picioarele lor, pământul continua să bată toba.

Și să bubuie.

"Vin Furiile! Vin Furiile! Vin Furiile!"

✳✳✳

"**T**RECI ÎNĂUNTRU!" A STRIGAT E-Z către vecinii curioși. "Închideți ușile, încuiați-le. Și cineva să pună un anunț pe rețelele de socializare. Spuneți tuturor să rămână în casă. Spuneți-le să nu mai iasă afară până când nu primesc autorizația mea! Acum plecați!"

SLAM.

SLAM.

Peste umăr, Alfred, o bufniță, Lachie și Baby se uitau afară, urmărind cum unduiala reducea distanța dintre Furii și echipa sa, în timp ce Micuța Dorrit veghea de sus.

Era prea târziu pentru a face un plan. Prea târziu pentru a face altceva decât să spere că erau pregătiți, în timp ce vântul îi biciuia și îi împingea de colo-colo, iar pământul bătea în sincron cu bătăile inimii lor.

CRASH.

În spatele lui, ușa de la intrare s-a rupt și a zburat din balamale. A ricoșat și s-a zdruncinat de-a lungul străzii înainte de a se odihni în cele din urmă la pământ.

Sam a ieșit afară. E-Z și-a întors scaunul spre el, nevenindu-i să creadă ce vedea.

Sam își asamblase un costum, sau o varietate de costume, creându-și un personaj de supererou propriu. Pe cap, avea o cască de cavaler cu masca întoarsă în sus. Pe măsură ce înainta, aceasta cobora și trebuia să o ridice cu un clic la loc. Își aplicase negru de ochi - așa cum poartă jucătorii de baseball pentru a eradica strălucirea de sub ochi. Pieptul îi era umflat, ca și cum ar fi purtat o vestă antiglonț pe sub cămașă, iar în spatele lui se desfășura o pelerină neagră lungă. Pe jumătatea inferioară, purta blugi negri și perechea sa preferată de pantofi de alergare.

Echipa de supereroi a încercat să nu râdă în timp ce el își făcea drum pe lângă ei și au observat că numele său de supererou - SAM THE MAN - era cusut pe țesătura de pe umerii lui.

Micuța Dorrit s-a aruncat în jos, aruncând-o pe Brandy pe spate. Apoi, Lachie a sărit pe spatele lui Baby și a luat-o la fugă. A aruncat o privire spre acoperiș. Micuța Dorrit nu mai era acolo. Alfred și bufnița s-au ridicat de pe acoperiș. Toți au aterizat alături de E-Z și de ceilalți.

"Toți pentru unul!", au spus ei. "Și unul pentru toți!"

"Dar unde este Sobo al meu?" a întrebat Haruto.

Sobo a zburat pe umărul lui și imediat a știut că era ea. Apoi s-a transformat în forma ei umană.

Echipa de copii îl văzuse pe Sam Unchiul transformându-se în Sam Omul și pe Sobo transformându-se din bufniță în bunică, dar niciunul dintre ei nu a fost tulburat de asta.

Pentru că sub picioarele lor pământul a continuat să DRUMBE.

Și să bubuie.

Dar cuvintele se schimbaseră.

"Furii sunt aproape aici.

Furii sunt aproape aici.

Furia e aproape aici."

$$***$$

E-Z ȘI ECHIPA SA au privit cum un val de nisip uriaș, asemenea unui pachebot care intră în port, a intrat în derivă. Dar acest lucru a sfâșiat străzile, spulberând case, copaci și orice ființă vie din calea sa. Și nu a încetinit.

Nu era suficient timp pentru ei să decoleze, în plus, erau uimiți de mărimea uriașă a lucrurilor. S-a oprit însă, iar Furiile au domnit peste ei, vocile lor strigând de râs în timp ce își aruncau ochii asupra dușmanilor lor pentru prima dată.

"Sunt măcar reale?" a întrebat Tisi. "Arată ca niște păpuși în miniatură care așteaptă să fie călcate în picioare."

"Văd că au un dragon și un unicorn. Și o lebădă. Oh, Doamne!" a țipat Ali.

"Aminteşte-ţi de ce suntem aici", a spus Meg. "Acum, voi doi fiţi cuminţi, în timp ce eu cobor şi am o discuţie cu liderul. Cum ziceai că îl cheamă?"

"E-Zed", a ţipat Tisi.

"E-Zed", a strigat Ali.

Împreună au rostit numele E-ZED, E-ZED, E-ZED, E-ZED."

"Îţi spun E-Z", a spus Brandy, în timp ce dădea startul.

"Nu!" a strigat E-Z. "Aşteptaţi comanda mea!" Dar era prea târziu, Micuţa Dorrit şi Brandy erau deja în zbor, dar nu au mers prea departe, găsind un loc pe acoperiş.

E-Z şi restul echipei s-au ţinut pe loc.

"Ce mai aşteaptă?" a întrebat Sam.

Charles a spus: "Speră că duhoarea lor va face treaba pentru ei. A zâmbit şi toată lumea a râs. Toată lumea în afară de Sobo, care s-a transformat din nou în starea de bufniţă şi a zburat pe acoperiş alături de Brandy şi Little Dorrit.

Furiile, care aveau un auz excelent şi care aveau un plan şi intenţionau să-l urmeze, nu au apreciat să fie ţinta glumelor copiilor supereroi şi, rând pe rând, s-au ridicat în aer. Pe măsură ce se apropiau, duhoarea creștea, în timp ce veșmintele lor negre fluturau în bătaia vântului.

"Prindeți!" a strigat Lachie, aruncând cuierul de haine către fiecare membru al echipei.

Vrăjitoarele, care acum nu mai miroseau atât de urât mirositoare, au zburat mai aproape, astfel încât copiii de jos să le poată vedea mai în detaliu. În realitate, erau mai mari decât viața, la propriu, datorită șerpilor care se prelingeau și alunecau pe toate acele trupuri. Șerpii care scuipau cu limba bifurcată erau însoțiți de sunetul biciurilor care pocneau, într-o demonstrație remarcabilă de război psihologic.

Meg, conform planului inițial, a fost cea care a spart gheața, țipând: "Unde este Eriel? Știm că îl aveți la voi! Dați-ne-l, ACUM!".

Sunetul ascuțit al vocii ei țipătoare i-a făcut pe copii să-și acopere urechile, în timp ce obiecte din sticlă, cum ar fi felinarele, luminile de pe verandă, ferestrele și chiar sticla din dulapuri se spărgeau pe kilometri întregi.

Când a fost sigur că Meg nu mai vorbea (întrucât gura ei era închisă), E-Z a răspuns: "Este locul unde sunt ținuți trădătorii. Așa că acum puteți să vă târâți înapoi în orice gaură din care v-ați târât voi trei!". Și când a terminat de vorbit, al său s-a ridicat de la sol, urmat de Alfred, Sobo, Little Dorrit cu Brandy Baby cu Lachie la bord.

"Acesta este teritoriul nostru. Aceștia sunt oamenii noștri - și voi nu aveți ce căuta aici. De fapt, nu aveți nicio treabă aici, pe pământ, deloc. Nu ați avut niciodată. Locul vostru nu este aici", a spus E-Z. "Și ne-am săturat de manipularea voastră. V-ați jucat prea mult cartea. Ați abuzat de puterile voastre. Ești josnic. Și te vom face să răspunzi pentru asta."

"Ce o să ne facă un băiețel ca tine?" a strigat Tisi, care se mutase lângă Meg, "să ne calce în picioare?"

Râsul ei strident a umplut aerul, făcând ca pământul de sub picioarele restului echipei să se despice în goluri. Lia, Haruto, Charles și Sam s-au înghesuit între goluri pentru siguranță.

Meg s-a alăturat la distracția de strigare a numelor: "Poate că lebăda ne va gâdila până la moarte? Bineînțeles, putem să-l jumulim - și să-l mâncăm la prânz!".

Membrii echipei care nu zburau s-au înghesuit și mai strâns. Haruto, care ar fi putut să se învârtă departe, era prea speriat ca să se miște. Se ținea departe de golurile deschise în pământ care amenințau să-i înghită.

"Și tu, fetițo", i-a spus Alli Liei. "Am încercat să te topim în soare. Ai scăpat de data aceea. Dar ce ai de gând să ne faci acum? O să ne privești, cu mâinile tale și o să ne transformi în statui?".

Furiile' au țipat din nou de râs, în timp ce pământul de sub ele se contracta, ca și cum ar fi încercat să nască ceva.

"Plictisită acum", a spus Meg.

Celelalte două surori erau neobișnuit de tăcute, de parcă nu știau care ar trebui să fie următoarea lor mișcare.

"Meg a zburat puțin mai aproape de E-Z, cu mâinile în șolduri: "Ne pierdem timpul aici! Nu am venit să ne luptăm cu tine astăzi. Nu fără liderul nostru. Tot ce vrem să știm este: unde este el? Să-l lăsăm să plece. Dați-i drumul - acum. Și vom lăsa bătălia pentru altă zi."

"Ți-ar plăcea asta, nu-i așa?" a strigat Alfred.

Ceea ce a făcut ca Alli să se agite.

"Vino la mine, micuțule swanny swanny. Cazanul te așteaptă - ciudatule cu pene!"

"E o lebădă, nu o gâscă, idiotule!" a spus Brandy, în timp ce-l îndrepta pe Micul Dorrit spre ea.

E-Z fericită pentru distragerea atenției a primit un mesaj de la PJ și Arden și i-a făcut lui Haruto semnalul cu degetul mare în sus.

Haruto s-a făcut invizibil și a fugit mai repede decât repede spre spital, unde s-a întâlnit cu PJ și Arden, care erau deja în interiorul jocului și așteptau. Acum fiecare dintre ei a făcut câte o crimă. Când Haruto a ajuns, au mai făcut încă două kill-uri.

Lăcomia Furiei pentru mai multe suflete de copii, a trimis esențele lor în joc.

"Te-am prins!", au strigat cele trei zeițe.

"Acum!" a strigat PJ, în timp ce Arden a apăsat SAVE la USB, iar când a fost salvat, a apăsat EJECT. A închis USB-ul cu bandă adezivă, apoi l-a pus într-o pungă ermetică.

"Du asta la E-Z!" a spus Arden.

Haruto a ajuns pe pământ, i-a făcut semn bunicii sale, care a luat USB-ul în cioc și l-a dus la E-Z.

PJ a trimis un mesaj. "Esențele Furiilor sunt în USB".

E-Z a pus USB-ul în siguranță în buzunarul blugilor, iar data următoare când s-a uitat la The Furies, vederea din ochelarii lui Raphael se modificase.

Corpurile celor trei surori se estompau, dar nu și șerpii. Atunci și-a dat seama care era călcâiul lor de Ahile. "Șerpii le țin în viață!", a strigat el. "Trebuie să eliminăm șerpii".

Brandy era deja suficient de aproape pentru a o lovi pe Alli. Din nefericire, ea era, de asemenea, suficient de aproape pentru ca șarpele lui Alli să o muște - ceea ce a și făcut. Ea s-a prăbușit, iar Micul Dorrit a luat-o la fugă, dar era prea târziu, Brandy era deja moartă.

"Scoateți-o de aici!" a strigat E-Z, iar Micuța Dorrit a luat-o la fugă spre cer, plângând în timp ce pleca.

"Va fi bine", a spus E-Z.

"Nu cred", a râs Alli. "Șerpii noștri nu sunt din lumea asta. Dacă ești mușcat de unul dintre ei, indiferent de puterile pe care le ai, acestea nu vor funcționa. Dar vom sta prin preajmă și vom aștepta, dacă vreți? Apoi, când ea nu se va întoarce - vom arunca în aer restul echipei tale!"

"Târfelor!" a exclamat E-Z.

Sobo a sărit în acțiune, atacând și scoțând ochii de șarpe unul câte unul și aruncându-i la pământ. După ce a terminat cu Alli, a trecut la Meg, apoi la Tisi's. Când și-a terminat sarcina, bunica era prea epuizată pentru a face altceva decât să aterizeze lângă nepotul ei și să se întoarcă la forma ei umană.

"Dar Sobo", a spus Haruto, "și eu vreau să lupt".

"Lasă-i pe ei să facă restul", a spus ea. "Sunt prea obosită ca să te car pe tine."

Sobo, și Haruto au privit cum restul echipei termină șerpii.

Furii și-au deschis gurile și le-au închis din nou, dar niciun sunet nu a emanat din ele. Pe lângă faptul că nu mai aveau voce și se stingeau, trupurile lor încercau să rămână la suprafață în timp ce sângele din venele lor se scurgea.

Scaunul cu rotile al lui E-Z se mișca pe sub ei, prinzând picăturile și amestecând sângele The Furies cu celelalte mostre pe care le adunase.

"Sunt moarte", a confirmat E-Z, în timp ce hainele goale ale The Furies pluteau ca niște fantome negre spre pământ.

Dar nu se terminase încă.

✶✶✶

ÎN SPATELE LUI E-Z, valul de nisip și-a ridicat capul și, văzând ochii găuriți în jurul ei - ochii tuturor copiilor ei - această mamă a tuturor șerpilor a prins încet viață.

Sam, care a observat primul mișcarea, a strigat: "Atenție, E-Z!", iar când nu și-a auzit chemările, Lia, Charles, Haruto și Sobo s-au alăturat cu toții.

Lachie le-a auzit strigătele și a văzut șarpele cum se strecura spre E-Z, așa cum auzea ea. S-a uitat în ochii șarpelui și a spus: "NU!".

Pentru o secundă sau două, șarpele mamă nu s-a mai mișcat și părea că a auzit și a înțeles comanda lui Lachie, apoi a zărit o sclipire în ochii ei. "Duck E-Z!", a strigat el, în timp ce Baby a deschis gura și a tras focuri de armă în direcția lui E-Z și a șarpelui mamă.

Părul lui E-Z a luat foc, iar el l-a mângâiat, apoi scaunul lui a căzut la pământ.

Baby a continuat să arunce foc spre șarpele mamă gigantică până când aceasta a fost arsă în întregime. În loc de duhoarea pe care o produceau Furiile, aerul era acum plin de un miros urât mirositor de pui, așa cum ar fi putut fi găsit la orice grătar din curte.

"Uh, mulțumesc Baby și tuturor", a spus E-Z, în timp ce-și trecea degetele prin mijlocul părului. Îi scosese partea cu peri.

"O să crească la loc", a spus Sam, în timp ce pământul de sub picioarele lor începea din nou să se
THRUM
ȘI SĂ BATĂ
Scaunul cu rotile al lui E-Z s-a ridicat de la sol de bună voie și a început să plouă cu picături de sânge în craterele care se deschiseseră în pământ.

"Ce se întâmplă?" a întrebat Alfred.

Sub el, scaunul cu rotile continua să sângereze în timp ce-l proiecta din loc în loc. "O picătură aici și o picătură acolo", a recitat el în minte. La sol, echipa sa spunea aceleași cuvinte care se învârteau în capul lui: "O picătură mică aici și o picătură mică acolo", apoi împreună au terminat poezia: "o picătură mică, peste tot", apoi au început din nou. A clătinat din cap... oare toți îi citeau gândurile?

Sub picioarele lor, pământul continua.

DRUMBING

TROSNIND.

CONVULSIV.

CONTRACȚIUNE.

Lia s-a ridicat de la pământ, deschizându-și brațele cât mai larg, cu capul lăsat pe spate și cu ochii spre cer. Și deasupra ei, cerul s-a rupt. A început să plouă, dar când au atins trotuarul, petele erau roșii. Cerul plângea cu lacrimi însângerate, în timp ce Lia se legăna și se răsucea în aer ca o marionetă fără sfori.

Ceilalți, fără Baby și Lachie, au fugit pe verandă pentru a scăpa de ploaia însângerată, fără a putea face nimic în privința Liei care era încă suspendată și în transă.

"Noi ne vom asigura că nu cade", a spus E-Z, "voi ceilalți adăpostiți-vă".

PULSARE.

ÎMPINGERE.

Apoi a fost un fulger.

Urmate de tunete.

În timp ce arhanghelul Mihail a străpuns bariera și a zburat în jos până când a ajuns aproape de E-Z.

"Înțeleg că ai situația sub control, a spus Michael.

"Da, esențele Furiilor se află în acest USB".

"Aruncă-mi-l", a spus Michael.

Ca și cum ar fi aruncat o minge de baseball la a doua bază, E-Z a tras USB-ul în direcția lui Michael, care a întins mâna, l-a prins și l-a învelit în gheață. "Eu, Eriel, voi avea companie", a spus Michael. "Vor rămâne cu toții în gheață pentru tot restul eternității. Oh, și apropo, bravo tuturor!" Apoi, la fel de repede cum venise, a zburat departe.

"Cum rămâne cu Lia?" a strigat E-Z, dar Michael nu a răspuns.

Pământul a început să pulseze și să se răsucească, chiar dacă Furiile nu mai erau pe el, iar sângele nu mai curgea din cer sau din scaunul lui cu rotile.

Lia încă plutea, cu ochii îndreptați spre cer, în timp ce acesta se zvânta din lacrimi însângerate în albastru, iar sub picioarele lor craterele pământului se vindecau cu iarbă, copaci flori.

Apoi totul s-a liniștit, în timp ce Lia, încă în transă, plutea înapoi pe pământ. Prostrată la pământ, cu brațele încă larg deschise, a simțit iarba pe spate și a zâmbit de oboseală, în timp ce se micșora în dimensiuni și revenea la adevărata ei vârstă, care era de nouă ani și jumătate.

"Eşti bine?" a întrebat E-Z, în timp ce vulpea, zodiacul albastru, ratonul, cardinalul și căprioara s-au adunat în jurul ei.

Lia și-a deschis ochii și a putut vedea din ei. S-a uitat la mâinile ei și erau la fel ca înainte.

"Sunt bine", a spus ea, în timp ce Lachie o ajuta să se ridice.

Sam a observat imediat că hainele fiicei sale nu i se mai potriveau. Și-a scos pelerina de supererou și a înfășurat-o în jurul umerilor ei.

"Mulțumesc, tată", a spus Lia.

Era prima dată când îi spunea așa și el nu s-a simțit niciodată atât de mândru, în timp ce o lacrimă îi curgea pe obraz.

✳✳✳

ALBASTRUL CERULUI PĂREA MAI luminos, de parcă stelele clipeau din ochi deși era ziuă, iar iar iarba de pe pământ părea să danseze în razele soarelui ca și cum ar fi conținut rouă de diamant.

Nici E-Z, nici vreun membru al echipei sale nu putea vorbi. Nimeni nu voia să rupă tăcerea sau să tulbure frumusețea la care erau martori.

ȘUIEREA.

ȘOAPTĂ ȘOAPTĂ.

ȘOAPTE ȘOPTITE ȘOAPTE ȘOPTITE.

Frunzele, suflând în vânt. Scoțând un sunet asemănător celui uman. Dar nu era vântul, ci vocea copiilor din întreaga lume care renasc.

Cei care fuseseră răpuși de Furii, își împinseseră trupurile din pământ și descoperiseră că vocile lor se întorseseră.

Copiii au reînvățat să meargă, să alerge sau să se târască, iar strigătele lor au răsunat în întreaga lume:

"O vreau pe mami!", strigau trupurile renăscute, dar fără suflet, ale copiilor.

"Îl vreau pe tăticul meu!", strigau pe o singură voce acei copii înviați:

"WAH, WAH, WAH!"

"WAH, WAH, WAH, WAH!"

"WAH, WAH, WAH, WAH!"

Micuții fără suflet se deplasau spre margini, călătorind spre anumite locuri, mișcările lor fiind mai rapide decât viteza luminii, în timp ce continuau să se tânguiască:

"O vreau pe mămica mea!"

"Îmi vreau tăticul!"

"WAH, WAH, WAH, WAH!"

"WAH, WAH, WAH, WAH!"

"WAH, WAH, WAH, WAH!"

În Valea Morții, unde au fost ținute și depozitate Captatoarele de Suflete,

POP

POP

Ușile s-au deschis în zbor, ca niște brațe, iar sufletele au ieșit, căutând trupurile în care trebuiau să se afle încă și au urmat strigătele copiilor.

"O vreau pe mămica mea!"

"Îmi vreau tăticul!"

"WAH, WAH, WAH, WAH!"

"WAH, WAH, WAH, WAH!"

"WAH, WAH, WAH, WAH!"

Sufletele zburau de la un copil la altul. Căutând casa în care îi aparținea. Era ca și cum ai fi privit copiii jucând un joc de urmărire, în timp ce fiecare suflet venea peste și intra în corpul în care se născuse. În timp ce sufletele și trupurile deveneau din nou una.

SHHHHHHHHH.

Pentru o clipă, micuții au redevenit copii fericiți, iar sunetele de încântare au umplut aerul.

Înapoi în Valea Morții, Hadz și Reiki au redirecționat sufletele fără adăpost din întreaga lume care se ascundeau, deoarece nu aveau proprii Captatori de Suflete. Unul câte unul, sufletele au intrat și pământul a început să se vindece.

Samantha a ieșit din casă, purtându-și bebelușii Jack și Jill în brațe în timp ce le cânta încet: "Taci, copilașule, nu plânge".

POP.

POP.

Hadz și Reiki au apărut: "Am reușit!".

E-Z și echipa lui s-au aruncat în brațe unul în jurul celuilalt. Au plâns, au râs. Apoi au plâns din nou, pentru pierderea unuia dintre membrii echipei lor. Pentru pierderea unuia dintre ai lor: Brandy.

Telefonul Liei a sunat. Era un mesaj de la Brandy: "Am ajuns în centrul comercial - din nou! Sper că toată lumea este bine și că le-am învins pe vrăjitoarele alea!".

"Brandy e în viață!" a explicat Lia, apoi a răspuns prin SMS: "Cu siguranță am reușit! Îți voi da detalii mai târziu".

"AHRHHRGHHHHH!" a strigat Charles Dickens. Corpul său se zguduia și tremura. Când s-a oprit, era în transă, cu o privire inexpresivă pe față și cu mâinile întinse cu palmele în sus.

"Oare îmi ia ochii de la mâini?" a întrebat Lia.

Când o carte - cel mai mare volum cu copertă tare pe care îl văzuseră vreodată - a căzut din cer și a aterizat în brațele lui Charles, însăși forța ei aproape că l-a făcut să cadă din picioare. Charles s-a stabilizat, în timp ce cartea masivă se deschidea singură, răsfoindu-și propriile pagini până când a răsunat o voce din interiorul cărții:

"Eu sunt Jurnalul de călătorie în lumile alternative."

Deși vocea venea din interiorul cărții, buzele lui Charles Dickens se mișcau sincronizat cu fiecare cuvânt, în timp ce în fundal încă se auzeau strigătele copiilor:

"WAH, WAH, WAH, WAH!"

"WAH, WAH, WAH, WAH!"

"WAH, WAH, WAH, WAH!"

"O vreau pe mămica mea!"

"Îmi vreau tăticul!"

"WAH, WAH, WAH!"

"WAH, WAH, WAH, WAH!"

"WAH, WAH, WAH, WAH!"

"Mi-e foame!"

"Mi-e sete!"

Copiii care locuiau cândva cel mai aproape de casa lui E-Z, mărșăluiau unul lângă altul spre ea.

"Ascultați-mă acum!" a solilocuit Jurnalul de călătorie în lumi alternative.

"Aceasta este o ofertă unică.

Dacă sunteți aleși, trebuie să alegeți.

O singură dată, câștigați sau pierdeți.

Nu lăsați această oportunitate, să vă scape.

Pentru că nu se va mai repeta, în nicio altă zi."

Paginile au trecut înainte, apoi înapoi. Înainte, apoi înapoi. Derularea s-a oprit la un capitol. Un capitol intitulat Alfred. Și erau fotografii cu el, cu familia lui. Toți mai în vârstă. Toți sănătoși și bine. Nu mai era Alfred, lebăda trompetistă din fotografii. Era Alfred, tatăl, soțul, bărbatul.

Cu lacrimi în ochi, Alfred s-a uitat la E-Z. Privirea pe care o împărțeau între ei spunea totul. Trebuia să plece. E-Z a dat din cap.

Apoi Alfred s-a întors spre Lia. Și ea a dat din cap, știind că el trebuia să plece.

Alfred, lebăda trompetistă, a pășit în capitolul care îi purta numele și s-a transformat din nou în bărbat. Și, din paginile Jurnalului de călătorie în lumi alternative, le-a făcut cu mâna prietenilor săi.

Acum, paginile Jurnalului de călătorie în lumile alternative s-au resetat la începutul cărții. Paginile s-au amestecat, iar și iar, înainte, și înapoi, înapoi, și înapoi, și înainte, oprindu-se în cele din urmă la un nou capitol. Un capitol numit pentru Lachie.

În fotografie, Lachie era un bebeluș. Părinții lui îl luau acasă de la spital. Bebelușul din fotografie purta o brățară de spital care dezvăluia că numele real al lui Lachie era Andrew.

"Nu, mulțumesc", a spus Lachie. "Copilul și cu mine vom merge acasă în curând".

Jurnalul de călătorie din Lumile Alternate s-a închis cu o asemenea forță încât Charles aproape că a căzut. Și-a revenit, iar câteva clipe mai târziu cartea și-a reluat răsfoirea. Înainte, înapoi, înainte. Amestecând paginile ca un pachet de cărți până când a aterizat pe capitolul numit Haruto. În fotografie, acesta era împreună cu mama și tatăl său.

"Nu, mulțumesc", a spus imediat Haruto. L-a luat pe Sobo de mână în mâna lui și i-a spus lui Lachie: "Te superi dacă ne lași în Japonia în drum spre casă?".

Lachie a dat din cap: "Mă bucur pentru companie".

De data aceasta, flăcările au ieșit din carte înainte ca aceasta să se închidă, iar Charles aproape că a scăpat-o.

Strigătele fără răspuns ale copiilor au continuat, devenind din ce în ce mai puternice pe măsură ce se apropiau de casa lui E-Z:

"O vreau pe mami!"

"Îl vreau pe tăticul meu!"

"Mi-e foame!"

"Mi-e sete!"

"WAH, WAH, WAH!"

"WAH, WAH, WAH, WAH!"

"WAH, WAH, WAH, WAH!"

Charles a închis ochii.

"Asta este? a întrebat E-Z.

"Dar noi cum rămâne cu noi?" a întrebat Lia.

Brațele lui Charles au început să tremure. Ca și cum greutatea cărții îl apăsa pe brațe. Apoi cartea s-a trântit, cu o asemenea intensitate încât s-a împiedicat înainte și s-a așezat. Și-a încrucișat un picior peste celălalt și a legănat cartea la piept.

Aceasta s-a deschis din nou, la fel ca și ochii lui Charles, și din nou paginile s-au mișcat, ca niște ierburi de mare pe fundul oceanului. S-a închis din nou. Apoi s-a răsturnat pe spate. În centrul cărții a apărut un cadru. La început era gol, ca și cum ar fi așteptat ceva. Apoi a început să pâlpâie și a început un film.

Un meci de baseball începuse deja pe stadionul Dodger. Dodgers jucau cu The Brewers. Iar E-Z Dickens era prinzătorul. Se afla în spatele plăcii și juca ca un profesionist. În tribune se aflau părinții lui, chiar peste banca de rezerve, care îl încurajau.

PAUZĂ PE PĂMÂNT.

Pentru câteva secunde, lumina soarelui a fost blocată, în timp ce Ophaniel a izbucnit pe cer și s-a îndreptat spre ei.

"E-Z, am vrut doar să-ți spun, înainte de a lua o decizie, că orice vei decide să faci sau să nu faci va avea consecințe asupra altora."

"Cum ar fi?", a întrebat el, fără să-și ia ochii de la versiunea înrămate a lui și a părinților săi, chiar dacă nu se mai mișcau în ea.

"Gândește-te la accident... ce nu s-ar fi întâmplat, în lume, dacă părinții tăi nu ar fi murit niciodată? Dacă nu ți-ai fi pierdut niciodată folosința picioarelor?".

A aruncat o privire în direcția unchiului său Sam, apoi spre Samantha, Lia și gemenii. Fără accident, niciunul dintre ei nu s-ar fi întâlnit. Gemenii nu s-ar fi născut niciodată.

"Dacă mă hotărăsc să plec și să-mi trăiesc visul, ce se va întâmpla aici?"

"Este un risc pe care ar trebui să ți-l asumi și un răspuns pe care nu ți-l pot da. Dar știu un lucru: tu ești catalizatorul și liantul."

"Bine, mulțumesc că m-ai anunțat."

RELUARE DE LA PĂMÂNT

Ophaniel a plecat.

"Uh, nu, mulțumesc", a spus E-Z.

A privit cum el și părinții săi se stingeau. Ecranul s-a golit. Cadrul a dispărut și cartea a început să se ridice. Sus, sus, sus, din brațele lui Charles.

Charles stătea ca și cum încă o ținea în mână. Privind în față, la nimic.

Când a ajuns mult deasupra lor, cartea a izbucnit în flăcări. A sfârâit și a creat o putoare înainte ca rămășițele ei să fie suficient de mici pentru a fi ridicate de vânt. Și Jurnalul de călătorie în lumile alternative nu mai exista.

Charles a revenit în sine în timp ce copiii ajungeau în masă pe strada E-Z.

"O vreau pe mămica mea!"

"Îl vreau pe tăticul meu!"

"Mi-e foame!"

"Mi-e sete!"

"WAH, WAH, WAH!"

"WAH, WAH, WAH, WAH!"

"WAH, WAH, WAH, WAH!"

"Pot să le spun o poveste?" a întrebat Charles.

"N-ar strica", a spus Lia.

Charles a început să povestească din nou povestea Celor Trei Bolovani. Copiii nu s-au mai mișcat, și-au oprit strigătele în timp ce atârnau de fiecare cuvânt al lui - până când s-a oprit brusc.

"Oh, ce naiba!", a strigat el, observând că fiecare bucățică din el se estompa ca și cum pământul ar fi avut probleme în a-i transmite semnalul.

"Așteaptă!" a spus E-Z. "Ai vreun sfat pentru un coleg scriitor?".

"Există cărți în care spatele și coperta sunt cele mai bune părți - nu o lăsa pe a ta să fie una dintre ele. O să-mi fie dor de voi toți!"

Unii spun că în acel moment exact, o rază de lumină a coborât, l-a ridicat de la pământ și l-a purtat pe Charles Dickens spre cer. Alții spun că acesta a plecat călare pe Micul Dorrit și niciunul dintre ei nu a mai fost văzut vreodată. Tot ce știau cu siguranță era că Charles Dickens i-a părăsit în acea zi și nu a mai fost văzut niciodată.

"WAH, WAH, WAH!"

"WAH, WAH, WAH, WAH!"

"WAH, WAH, WAH, WAH!"

FIZZLE POP

A sosit un Prinzător de suflete. Și-a deschis ușa și a aruncat petarde în aer.

Unii dintre bebeluși au fost speriați de zgomot, iar altora le-a plăcut, în toate cazurile au încetat să mai plângă.

În timp ce trăgea culori în aer, ei s-au topit împreună pentru a spune următoarele:

IEȘI AFARĂ, IEȘI AFARĂ.

ORIUNDE TE-AI AFLA!

"Ce vrea?" a întrebat E-Z. "Sau ar trebui să spun, CINE vrea?"

"Este vorba de mine?" a întrebat Sobo.

"Nu, este pentru mine", a spus o voce în spatele lor. Era vocea lui Rosalie.

Toți s-au întors spre ceva, așteptându-se să vadă o fantomă sau un spirit, dar ceea ce au văzut nu era nici unul dintre aceste două lucruri. Era esența lui Rosalie... asta era tot ce știau.

"La revedere, dragă Rosalie!" a strigat Sobo.

A fost o despărțire pe cinste pentru esența dragei Rosalie, cu E-Z și echipa sa strigând, făcând cu mâna, aruncând sărutări și aplaudând-o. A fost o adevărată celebrare a tot ceea ce a însemnat ea pentru ei, în timp ce dragii lor prieteni au intrat în Captorul ei de suflete și acesta a zburat.

Acum că Charles plecase, copiii și-au reluat plânsetele,

"WAH, WAH, WAH, WAH!"

"WAH, WAH, WAH, WAH!"

"WAH, WAH, WAH, WAH!"

În fundal, se auzea un sunet nou. Sunetul unor picioare, multe picioare, care alergau - repede.

Pe măsură ce curgeau pe strada E-Z, mămicile și tăticii și copiii s-au reunit cu cei dragi lor, iar această reunire s-a produs pe tot pământul.

"Bravo!" i-a spus E-Z echipei sale.

Și-au luat rămas bun cu mâna în timp ce Lachie, Baby, Haruto și Sobo zburau.

Acum, singurii care mai rămăseseră erau E-Z și Lia.

ZAP!

Primul Poppet a sosit.

BONJOUR!

Urmat de Francois.

"Ah, am ajuns prea târziu", a spus el. "Am ratat totul!"

Din interiorul casei s-au auzit strigătele Samanthei. "O, nu, se întâmplă ceva cu bebelușii!".

Toată lumea a fugit înăuntru spre camera bebelușilor. Jack și Jill dormeau adânc.

Sam și-a pus brațul în jurul soției sale. "Mie mi se pare că sunt bine", a șoptit el.

"Dar nu sunt bine!" a spus Samantha.

"O să fie bine", a spus Sam.

"Și mie mi se pare că arată bine", a spus E-Z.

"Așteaptă doar", a spus Samantha. "Așteaptă și vei vedea. N-aș fi strigat dacă..." se clătină și se clătină de parcă ar fi putut să cadă.

Toți priveau și așteptau. Nu s-a întâmplat nimic timp de zece, cincisprezece, douăzeci sau chiar treizeci de minute.

Apoi, deodată, s-a întâmplat ceva.

O lumină galbenă și o lumină verde au emanat din trupurile mici ale lui Jack și Jill.

"Hadz? Reiki?" a exclamat E-Z.

POP.

POP.

Jack și Jill s-au așezat în picioare, așa cum ar fi fost capabili să facă bebelușii mai mari. Ceea ce Jack și Jill nu puteau face încă.

Samantha a leșinat, în timp ce Sam a prins-o.

"Ce naiba faceți voi doi?". a întrebat E-Z. "Ieșiți de acolo - acum!"

Hadz a spus: "Ca recompensă am cerut să fim oameni".

"Reiki" a spus: "Şi noi aveam nevoie de corpuri".

"Oh, frate", a spus E-Z, când s-a auzit o bătaie în uşa din faţă.

"E cineva acasă?" au întrebat PJ şi Arden.

EPILOGUL

E-Z A TASTAT CUVINTELE: THE END. Mulțumit de reușita sa de a finaliza o serie de patru cărți, și-a închis laptopul.

"Grăbește-te E-Z!", a strigat un bărbat din spatele lui.

E-Z și-a scos masca de prinzător și a aruncat o privire în jur. Era în spatele plăcii, prinzând pentru Los Angeles Dodgers. Arbitrul de arbitri peria placa. S-a ridicat în picioare și s-a îndreptat spre banca de rezerve, deoarece era ultimul jucător care ieșea de pe teren.

A recunoscut câțiva dintre jucători, în timp ce se deplasa de-a lungul băncii de rezerve, urmându-i îndeaproape.

Și-a trecut degetele prin părul său, care era complet blond. Era mai scurt și mai bine tuns decât avusese vreodată. Și era mai înalt, cu siguranță peste 1,80 m.

Ce naiba se întâmpla? Oare dormea? S-a ciupit singur. L-a durut.

"Ești pe punte, E-Z!", a strigat antrenorul de bătaie.

A găsit un monitor și și-a verificat reflexia. S-a uitat la el însuși, ca și cum ar fi fost un străin.

"Pământul către E-Z", a spus antrenorul său.

"Îmi pare rău, domnule antrenor", a spus E-Z, în timp ce se îndrepta spre hangarul cu echipamente de pe banca de rezerve. Bâta lui era etichetată, la fel ca și restul echipamentului său. Și-a pus-o și a pășit în cercul de pe punte.

Și-a ajustat cotierele, apoi s-a pregătit pentru prima aruncare. Împreună cu coechipierul său de la bază, a făcut câteva mișcări de antrenament. În timp ce aștepta, o mișcare în tribunele din spatele tribunei i-a atras atenția. Mama și tatăl său.

"Du-te, prinde-i, fiule!", a strigat tatăl său.

Le-a arătat părinților săi degetul mare în sus, apoi a privit cum coechipierul său a făcut o lovitură simplă și a ajuns în siguranță la prima bază.

E-Z a intrat în boxa de bătaie, a cerut timp, a ieșit din nou afară și a respirat adânc de câteva ori.

Adună-te, și-a spus el însuși. Nu vreau să dezamăgesc echipa. Concentrează-te. Concentrează-te.

Și-a ridicat brațul pentru a-i spune arbitrului că este pregătit, apoi s-a întors la bază.

"Haide, E-Z!", l-a strigat mama lui.

S-a concentrat și a privit cum a trecut prima aruncare. Probabil cu peste 160 de kilometri pe oră. S-a pregătit pentru a doua aruncare. A învârtit și a ratat. Coechipierul său a furat o bază și a aterizat în siguranță la a doua bază.

Asta e prea mult. Nu sunt pregătit. Trebuie să mă trezesc. Trebuie să mă trezesc - ACUM.

A doua aruncare a zburat. A lovit, dar nu a reușit. A treia aruncare a venit și a reușit să o lovească. A văzut cum coechipierul său a încercat să ajungă la a treia bază, dar a fost eliminat. Aproape că a reușit să ajungă la prima la timp, dar cealaltă echipă a reușit o dublă. Cu două eliminări, s-a întors în banca de rezerve pentru a-și pune echipamentul de prindere.

"O să-i prinzi data viitoare!", i-a spus tatăl său.

Chiar dacă nu a reușit să ajungă la bază, era în visul lui. Își trăia visul. Dar cum? Refuzase oferta de la Jurnalul de călătorie în lumi alternative.

Scoateți-mă de aici! Nu vreau să fie așa! Unde e unchiul Sam? Unde e Lia? Unde sunt gemenii?

Capul i se umplu de râs în timp ce se prăbușea la pământ și continua să cadă. Până când a aterizat cu un pocnet pe o podea de lemn, într-o cabană, sau într-o colibă. La câteva secunde de la aterizare, a luat foc.

În cealaltă parte a camerei stătea o fetiță. La început, a crezut că e Lia, dar fata asta avea părul roșcat. A încercat să o trezească, dar ea nu s-a mișcat.

În spatele lui, ușa de la intrare a fost aruncată din balamale. A intrat o siluetă întunecată, învelită cu o glugă mai scurtă. Între cei doi au cărat-o pe fată afară.

"Ajutați-mă!", a strigat.

"Ajută-te!", a spus o voce de femeie, cea mai înaltă dintre cele două figuri, în timp ce pereții au început să se prăbușească în jurul lui.

Era din nou în stadion, pe spate, pe jos, uitându-se în ochii părinților săi.

"Vei fi bine", i-au răcnit aceștia.

Recunoștințe

Dragi cititori,

Ei bine, am ajuns la finalul seriei E-Z Dickens. Sper că v-a plăcut să o citiți la fel de mult cum mi-a plăcut mie să o scriu.

Deoarece ați fost alături de mine pe tot parcursul acestei serii, ultima mea MULȚUMIRE este pentru voi, cititorii mei. Sunteți grozavi!

Ca întotdeauna, lectură plăcută!

Cathy

Despre autor

Cathy McGough trăiește și scrie în
Ontario, Canada, împreună cu soțul ei, fiul, cele două
pisici și un câine.
Dacă doriți să îi trimiteți un e-mail lui Cathy,
o puteți contacta aici:
cathy@cathymcgough.com
Lui Cathy îi place să primească vești de la
cititorii ei.

De asemenea, de către:

NON-FICTION

103 idei de strângere de fonduri pentru părinții voluntari cu

școli și echipe (locul 3 BEST REFERENCE 2016

METAMORPH PUBLISHING)

FICȚIUNE

Interviuri cu scriitori legendari de dincolo (LOCUL 2

BEST LITERARY 2016 METAMORPH PUBLISHING)

+ Cărți pentru copii